中华远古的恋歌雅乐

——《诗经》注译与导读·颂

谢柏梁 译注

中国戏剧出版社

图书在版编目（CIP）数据

中华远古的恋歌雅乐：《诗经》注译与导读·颂 / 谢柏梁译注.
—北京：中国戏剧出版社，2021.12
ISBN 978-7-104-05121-3

Ⅰ.①中… Ⅱ.①谢… Ⅲ.①古体诗—诗集—中国—春秋时代
②《诗经》—注释③《诗经》—译文 Ⅳ.①I222.2

中国版本图书馆CIP数据核字（2021）第164147号

中华远古的恋歌雅乐——《诗经》注译与导读·颂

责任编辑：王　恬
责任印制：冯志强

出版发行：中国戏剧出版社
出 版 人：樊国宾
社　　址：北京市西城区天宁寺前街2号国家音乐产业基地L座
邮　　编：100055
网　　址：www.theatrebook.cn
电　　话：010-63385980（总编室）　010-63381560（发行部）
传　　真：010-63383910

读者服务：010-63387810
邮购地址：北京市西城区天宁寺前街2号国家音乐产业基地L座

印　　刷：河北京平诚乾印刷有限公司
开　　本：787mm×1092mm　1/16
印　　张：8
字　　数：120千字
版　　次：2021年12月　北京第1版第1次印刷
书　　号：ISBN 978-7-104-05121-3
定　　价：88.00元

前 言

中国最早的一部诗歌总集是《诗经》。

《诗经》最初的通称是《诗》。孔子也曾将这通称和篇目结合起来，谓之《诗三百》。秦始皇焚书时，《诗》亦不能幸免。到了汉代，凭记忆与私家收藏研究《诗》的还有齐、鲁、韩、毛四家，但保存下来的只有由毛亨、毛苌所传下来的版本。所以人们又以毛亨的《毛诗故训传》为据，将《诗》称为《毛诗》。汉武帝独尊儒术，孔子整理和评点过的《诗》亦被尊称为“经”，因此《诗经》便成为这部诗集沿用最广的定名。

从《左传》所载吴公子季札在鲁国观看配乐《诗》演唱的情形看，至迟在襄公二十五年（公元前544年）之前，《诗经》便已编定成型。不学《诗》，无以言，从季札直到如今的2500多年中，人们一直在学习、研究，或者自觉不自觉地引用着《诗经》。

《诗经》一共有305篇，分为《风》《雅》《颂》三大类别，反映了周代从公元前11世纪西周初年到公元前6世纪左右春秋中叶约500年的历史生活时代。

如果加上只有标题、没有内容的6首笙诗——《南陔》《白华》《华黍》《由庚》《崇丘》《由仪》，则《诗经》一共有311篇。正是因为这6首诗有题无内容，所以一般还是称《诗经》为305篇，简称为

"诗三百"。

《风》即15《国风》，系反映各国民情风俗的地方歌谣，其创作年代贯串了长达500年的历史长河。周代的采诗官到民间采风后，将所得民歌予以整理，一共编定了160首民歌，依照不同产生地区排列成15《国风》。

其中《周南》《召南》共有25首诗，产地约在今河南的临汝、南阳和湖北的襄阳、宜昌和荆州地区。《邶》《鄘》《卫》都属卫地，大体在今河北的磁县、东明，河南的濮阳、安阳、淇县、滑县、汲县、开封、中牟等地。《王风》共10首诗。王是王都简称，平王东迁洛邑后，王都所在地包括今河南洛阳、孟县、沁阳、偃师、巩县、温县等地。《郑风》共21首诗，产地在今河南新郑一带。《齐风》共11首诗，当时齐国以临淄为首都，横跨今山东北部与中部。《魏风》有7首诗。魏地在今山西芮城东北。《唐风》共10首诗，唐地因晋水改称晋国，在今山西中部太原一带。《秦风》共10首诗，秦地在今陕西地区和甘肃东部。《陈风》共10首诗。陈地在今河南淮阳、柘城和安徽亳县一带。《桧风》有4首诗，桧地在今河南密县东。《曹风》4首，曹地在今山东菏泽、定陶、曹县一带。《豳风》共7篇，豳地在今陕西栒邑、邠县一带。

《雅》分为《大雅》和《小雅》，又称《二雅》，系朝廷的正声，周秦的乐调，产地大略在陕西西安一带。其中《小雅》共74首，《大雅》31首，合起来为105首诗。《大雅》产生于西周时期，《小雅》产生于西周末东周初的过渡时期。

《颂》是庙堂乐章，一共有40首诗。其中《周颂》31首，《鲁颂》4首，《商颂》5首，都是求神告祖的祭祀乐章、歌声舞容的扮演场面。歌功颂德、娱神赞君是其基本内容。

简言之，"风土之音曰《风》，朝廷之音曰《雅》，庙堂之音曰《颂》"。郑樵在《六经奥论》中的这一归纳较为切合实际。也正因为《诗经》先后反映了不同时代、不同地区以及不同阶层人们的生活情状和心理状态，所以除了几位篇末具名的诗人如尹吉甫、奚斯等人外，整部诗歌集都可以看成是先民们的集体创作。从民间创作到文人润色、从文人润色到乐工合律、从乐工合律到歌舞扮演，《诗经》从粗糙到精致，从杂乱到整饬，从平面到立体，从局部到全局，就像一方明净而浩瀚的湖泊，较具代表性地汇聚了500多年里中国大地上的情感生活、社会生产、宫廷政治和征伐统一等周代先民发展史上的点点涓滴、脉脉泉流、潺潺小溪和滔滔大河。

反映爱情婚姻和家庭生活的内容，是《诗经》中最为多见的题材。《关雎》中描写了青年男女从相恋到成家的过程，而更多的情诗则着重渲染着情感生活中的某一横截面。《卷耳》中的女郎想念爱人，《汉广》中的男子苦恋汉水那边的游女，《摽有梅》中的待嫁女对婚期的企盼，《桃夭》中对艳若桃李的新娘的赞颂，都显出一唱三叹的挚情浓意。至若《将仲子》写失恋，《氓》与《白华》中摹状弃妇的苦痛，都显出女子无助的悲哀。尽管《野有蔓草》《野有死麕》中也有男女邂逅、美满结合的放逸，但更多的诗篇还是在呼唤有保障的婚姻和长久的结合。《南山》谓“取（娶）妻如之何，必告父母”，“匪媒不得”，就是对稳定婚姻的郑重企盼。有了稳固而长久的婚姻情感寄托，那么即令是《杕杜》中征夫怨妇两相离别的苦恋，也显得如此甜蜜动人。婚恋诗在《国风》中的大量篇目和《小雅》中的部分存在，谓之是描摹“后妃之德”，当然难以成立，但称之为“好色而不淫”的情爱心理宣泄，则是可以对应的事实。对那些荒淫无耻的淫乱行为，哪怕是国王公侯如《株林》中的陈灵王、《载驱》《南山》中的齐襄公，《诗经》都予以了大胆揭露和一针见血的讥刺。

对劳动生活和社会生产的描写，在《诗经》中亦时时可见。例如《大田》《良耜》中写农耕活动，《生民》写后稷对农作物的培育和推广，《七月》描叙一年四季周而复始的农业劳作乃至蚕桑、建筑的铺展过程，都堪称井然有序而蔚为系统。如果说婚恋诗是种族繁衍的一大标志，那么农耕诗则是发展生产、保障生活的某些缩影。统治者与被统治者的对立，劳心劳力者的差异，创造财富者与享受财富者的不平等，迫使许多劳动人民从心底发出不公不平的呐喊。例如《伐檀》中工人们对不劳而获的统治者的质问，《硕鼠》中百姓们不堪欺凌剥削、对理想乐土的期望，都反映出勤苦生产与奢侈消费之间的巨大差距与严重对立。一些诗篇也反映出田官对子民雇工们的组织，侯王对大规模农耕的关注，统治者对粮囤的集中管理，在相当程度上反映出农业生产的社会化、组织化和集约化程度，这也表明了当时农作知识的丰富和生产力水平的较高程度。

《诗经》中还反映出夏周两代的兴盛衰微史以及诸侯国的内政外交与相互兼并史。中国古代汉民族没有蔚为规模的长篇史诗，《诗经》可以看成是一部抒情性的史诗短章。从有娀古国到简狄生契，从商地建国到盘庚迁殷，从夏桀败亡到成汤一统，从武丁称雄到后嗣宋国，《商颂》简洁地记载了殷商谱系的变迁。至若周代史诗《生民》中假托有邰氏之女姜嫄与上帝交感而生始祖后稷，《皇矣》记太王迁岐、王季治邦、文王兴国，《下武》《大明》等诗载武王伐纣、成康之治；甚至厉王被逐、宣王中兴、幽王遭弑、平王东迁等一系列大的历史事件，在《诗经》中都可以或多或少、或显或隐地得到映衬和补充。

因此《诗经》既是一部活的风俗人情史和生产生活史，又是一部简洁的部族兴衰与朝代变迁史，它是具备中国特色的抒情史诗。那么多诸侯国之间的政治纠葛、军事纠纷和权力联姻，都在《诗经》中生动而具体地展现出来，这是中华民族上古史中最为鲜活的第一手资料。至于先民们的天命观念、宗族信仰、价值尺度、道德风范、人伦准则和审美倾向，都在《诗经》中有着直接而完整的体现。

关于《诗经》的艺术技巧，前人一般用赋、比、兴来予以阐明，并且推广成为我国文学创作的一般手法。《周礼》说“太师教六诗：曰风，曰赋，曰比，曰兴，曰雅，曰颂”，这里的风、雅、颂是指分类，赋、比、兴当指其艺术手段言。所以朱熹为之定义说，“赋者，敷陈其事而直言之者也”；“比者，以彼物比此物也”；“兴，先言他物以引起所咏之词也”。

赋实际上包括了速写、白描、叙述、对话、抒情、议论等直接表现的主体内容。例如《渭阳》叙外甥送舅，句句都是大白话、大实话，没有任何夸饰和讲究。《楚茨》记载周王祭祀祖先的情状，都是对祭祀的过程与场面的细致描摹。《闷宫》有9章120句，是《诗经》中最长的一首诗，但也都是朴实本色的白描。即使后来写到山岭上的松柏，也是作为砍下来营建宫庙的材料，没有把松柏与人格予以太多联想型对应。明人谢榛在《四溟诗话》中认为《诗经》中使用赋的地方有720处，这自然太为拘执；但《诗经》中大抵以朴素白描为重，这却是其基本的诗风。

比就是比喻。关于"如山如河""有女如玉""王室如毁""有力如虎"等明喻，在《诗经》中比比皆是。《硕人》状女郎之美，接连用了"手如柔荑，肤如凝脂、领如蝤蛴、齿如瓠犀"等一组明喻，真是众美皆备。隐喻如《柏舟》中的"我心非鉴，不可以茹"，表明少妇自谓其心不是镜子，不能容纳更多的形象，也不能任人来照的意志。《正月》里"胡为虺蜴"，把如今之人都比成是蛇虫，也是极为沉痛的隐喻。借喻如《硕鼠》《新台》中把剥削者和卫宣公比成大老鼠和癞蛤蟆，十分到位地表明了普通人对大人物的高度憎恶。

兴是从眼前之景比照、映衬、顺接出心中要说之事。例如《江有汜》中从江水分岔起兴，接着描叙到彼此情爱的生分；《何彼秾矣》从唐棣花朵的秾艳引出王姬出嫁的美艳；《谷风》先写阴雨风暴的袭击，转而描写丈夫变心给妻子情感世界带来的重大冲击，都是显例。由此看来，兴实际上只是个引子，其目的是要引出全篇的主体来；它不像比那样直接地对应，不一定明确地以甲物比乙物，因此显得更为随意、散淡和自然。赋比兴的巧妙结合，不仅是《诗经》中的基本手法，同时也是中国诗歌与民谣最为常用的艺术手段。

至于对话体的引进，夹叙夹议的铺陈，抒情与论理的交织乃至戏剧性场面的建构等艺术手法，在《诗经》中更是屡见不鲜。合歌而奏、依舞而谱，要求《诗经》通常以复唱、递进的格式来传达意旨，以当时通俗、明白的语言来表达情感，这就形成了遣词用句、谋篇布局的大致体例。

对于《诗经》的学习和研究，是中国读书人历朝历代的基本功课之一。有关注释、笺证等各种选本和全本，越来越多而且门派各异、蔚为大观。20世纪以来用白话译《诗经》的做法也精彩纷呈，各有千秋。本书译注皆在前人的基础之上与当代学者的荫蔽之下，以白话诗的方式对《诗经》予以了全译，并适当配加了简明扼要的注释、题解，也匮集了历代名家和当代前辈学者的知名简评。

初步的成果既已献上，更为完美些的题解、注释、集评和译作，还应在读者诸君的赐正之后。

1995年1月，写于上海戏剧学院

2021年7月，修订于中国戏曲学院

目　录

周颂·闵予小子之什

鲁颂

鲁颂·駉之什

商颂

清庙

天作

王恬

周 颂

周颂·清庙之什

清　庙

【导读】

这是周王朝祭祀文王的诗。

【评介】

“《清庙》，祀文王也。周公既成洛邑，朝诸侯，率以祀文王焉。”（《毛诗序》）

“此周公既成洛邑而朝诸侯，因率之以祀文王之乐歌。”（朱熹《诗集传》）

“《清庙》，最初作为祀文王之乐章。”（陈子展《诗经直解》）

“这是周统治者祭祀文王于宗庙的诗。”（程俊英《诗经译注》）

【原诗】	【译诗】
於穆清庙[1]，	肃穆清静宗庙中，
肃雍显相[2]。	诸侯陪祭多谦恭。
济济多士，	济济一堂贤士众。
秉文之德[3]。	文王功德永秉奉。
对越在天[4]，	遥对在天之祖宗，
骏奔走在庙[5]。	庙中奔走急匆匆。
不显不承[6]？	灵光满天下界继，
无射于人斯[7]。	众生敬仰永无穷。

【注释】

[1]於（wū乌），赞美词。穆，肃穆。清，清静。

[2]肃，严肃。雍，和穆。

[3]秉，秉承。文，文王。

[4]越，于。

[5]骏，飞快。

[6]显，光明。两个“不”字都无意义。

[7]无射（yì义），无厌，不为人之所厌倦。

维天之命

【导读】

这也是一首祭祀文王的诗。

【评介】

“《维天之命》，太平告文王冶。”（《毛诗序》）

“告太平者，居摄五年之末也。文王受命，不卒而崩。今天下太平，故承其意而告之，明六年制礼作乐。”（《笺》）

“此祭文王之诗。”（朱熹《诗集传》）

“《维天之命》，周公摄政，辅成王致太平，祭告文王之乐歌。”（陈子展《诗经直解》）

“这也是周王祭祀文王的诗。”（程俊英《诗经译注》）

【原诗】	【译诗】
维天之命，	天道运行无尽穷，
於穆不已[1]。	肃穆华妙无始终。
於乎不显[2]！	光明灿烂多显赫，
文王之德之纯。	纯正文王有德功。
假以溢我[3]，	无边功德溢我胸，
我其收之。	我承功德豁然通。
骏惠我文王[4]，	遵循文王大道走，
曾孙笃之[5]。	子孙后代行其中。

【注释】

[1]於（wū乌），感叹词。穆，肃穆美好。

[2]於（wū乌）乎，呜呼。不，无意义。

[3]假，大，嘉。溢，多而满溢。

[4]骏惠，骏为大，惠乃顺。

[5]笃，笃行，永远奉行。

维　清

【导读】

这是一首祭祀文王的诗。

【评介】

“《维清》，奏《象舞》也。”（《毛诗序》）

“《象舞》，象用兵时刺伐之舞，武王制焉。”（《笺》）

“此亦祭文王之诗。”（朱熹《诗集传》）

“《维清》，祀文王奏《象舞》之所以。”（陈子展《诗经直解》）

“这篇也是周王祭祀文王的诗。”“成王时，周公制礼做乐，作这首《维清》的歌舞诗祭祀文王，纪念他征伐的功绩。歌舞时，用人打扮成文王的样子，表演他击刺打仗之状。按古代舞有文、舞二种，这首诗属于武舞。”（程俊英《诗经译注》）

【原诗】	【译诗】
维清缉熙[1]，	清明广大又久远，
文王之典。	那是文王好法典。
肇禋[2]。	肇始肃穆祭地天，
迄用有成[3]，	直到大功告成年，
维周之祯[4]。	周朝吉祥永增添。

【注释】

[1]清，清明。缉，继续。熙，广远。

[2]肇（zhào赵），开始。禋（yīn因），祭天神。

[3]迄，直到。

[4]祯（zhēn真），吉祥。

烈　文

【导读】

这首诗写成王祭祀祖先时，劝勉助祭诸侯当效先王之德。

【评介】

“《烈文》，成王即政，诸侯助祭也。”（《毛诗序》）

“新王即政，必以朝享之礼祭于祖考，告嗣位也。”（《笺》）

“此祭于宗庙，而献助祭诸侯之乐歌。”（朱熹《诗集传》）

“《烈文》，陈王亲政告祖，诸侯助祭，祭毕敕戒诸侯之词。”（陈子展《诗经直解》）

“这是成王祭祀祖先时戒勉助祭诸侯的诗。”（程俊英《诗经译注》）

【原诗】	【译诗】
烈文辟公[1]，	诸位公侯功德全，
锡兹祉福，	受赐福音尊荣添。
惠我无疆，	恩惠施之无穷尽，
子孙保之。	子孙继承千万年。
无封靡于尔邦[2]，	莫在贵国太贪念，
维王其崇之。	崇敬周王志不变。
念兹戎功，	时刻记住战功绵，
继序其皇之[3]。	后人光大精神健。
无竞维人[4]，	万事先效贤人效，

四方其训之。　　　　四方百姓守训言。

不显维德[5]，　　　　功德显明有光彩，

百辟其刑之[6]。　　　诸侯效法万事贤。

於乎！前王不忘。　　先王好处记心间！

【注释】

[1]烈文，功德完满。辟（bì毕）公，指诸侯。

[2]封靡，贪利而奢侈。

[3]继序，继承有序。皇，光大。

[4]竞，超过。人，贤士。

[5]不显，大显。

[6]百辟（bì毕），众诸侯。刑，典范，学习。

天　作

【导读】

这是周朝祭祀岐山的诗。太王古公亶父（周文王之祖）被狄人所侵扰，率众迁居于岐山，定国号为周。

【评介】

“《天作》，祀先王、先公也。”（《毛诗序》）

“此祭大王之诗。言天作岐山，而大王始治之。大王既作，而文王又安之，于是彼险僻之岐山，人归者众，而有平易之道路，子孙当世世保守而不失。”（朱熹《诗集传》）

“《天作》，当是成王祀岐山之乐歌。”（陈子展《诗经直解》）

“这是周统治者祭祀岐山的诗。”（程俊英《诗经译注》）

【原诗】	【译诗】
天作高山[1]，	天生岐山造化妙，
大王荒之[2]。	太王选定开发早。
彼作矣[3]，	万民奋力筑宫室，
文王康之。	文王安抚生活好。
彼徂矣[4]，	天下归心来周地，
岐有夷之行[5]。	众人踩平岐山道，
子孙保之。	子孙万代江山保。

【注释】

[1]作，造化生出。高山，指岐山，在今陕西省岐山县。

[2]大王，太王，即古公亶父，文王的祖父。荒，开辟。

[3]作，建筑宫室。彼，指众百姓。

[4]徂（cú粗第二声），来到。

[5]夷，平坦。行，大道。

昊天有成命

【导读】

这是祭祀成王的诗，赞美他的贤德和勤政。

【评介】

“《昊天有成命》，郊祀天地也。”（《毛诗序》）

“此诗多道成王之德，疑祀成王之诗也。”（朱熹《诗集传》）

“《昊天有成命》，郊祀天地之所歌。”（陈子展《诗经直解》）

“这是祭祀成王的诗。”（程俊英《诗经译注》）

【原诗】	【译诗】
昊天有成命[1]，	上天定下天命，
二后受之[2]。	文王武王仰承。
成王不敢康，	成王不敢安康，
夙夜基命宥密[3]。	早晚勤政抚民。
於缉熙[4]，	多么辉煌光明，
单厥心[5]，	上下竭力尽心，
肆其靖之[6]。	喜看天下太平。

【注释】

[1]昊（hào浩）天，苍天。成命，既定的天命。

[2]后，君。二后指周文王、周武王。

[3]夙（sù速）夜，早晚。基命，颁布政令。宥（yòu右）密，仁政安抚。

[4]於（wū乌），赞美叹词。缉熙，光明状。

[5]单，惮，尽力。厥，其。

[6]肆，巩固、保持。靖，安定、太平。

我　将

【导读】

这是祭祀天帝和文王的诗。

【评介】

"《我将》，祀文王于明堂也。"（《毛诗序》）

"此宗祀文王玉明堂，以配上帝之乐歌。"（朱熹《诗集传》）

"程子曰：万物本乎天，人本乎祖。故冬至祭天而以祖配之，以冬至气之始也。万物成形于帝，而人成形于父，故季秋享帝而以父配之，以季秋成物之时也。"（朱熹《诗集传》）

"《我将》，宗祀文王于明堂以配上帝之乐歌。"（陈子展《诗经直解》）

"这篇是祭祀上帝、配祭文王的乐歌。"（程俊英《诗经译注》）

【原诗】	【译诗】
我将我享[1]，	烹好祭品我奉上，
维羊维牛，	又有牛来又有羊，
维天其右之。	老天保佑好运长。
仪式刑文王之典[2]，	一切仪典学文王，
日靖四方[3]。	每日施政定四方。
伊嘏文王[4]，	伟大英明是文王，
既右飨之[5]。	神灵降此把祭享。
我其夙夜，	我等日夜勤执掌，

畏天之威，	敬畏天威须经常，
于时保之。	谨慎人事保周邦。

【注释】

[1]将，奉上、捧出。享，烹祭品。

[2]仪、式、刑，效法，学习。典，典章。

[3]日，每日。靖，安定。

[4]嘏（jiǎ假），伟大。

[5]右，保佑。飨（xiǎng想），尝。

时　迈

【导读】

这是武王巡视诸侯、祭祀山河的诗。多认为是武王伐纣成功，周天下初定时所作。

【评介】

“《时迈》，巡守告祭柴望也。”（《毛诗序》）

“巡守告祭者，天子巡行邦国，至于房岳之下而封禅也。”（《笺》）

“此巡守而朝会祭告之乐歌也。”（朱熹《诗集传》）

“这是武王巡视各诸侯国和祭祀山河川的乐歌。”（程俊英《诗经译注》）

【原诗】	【译诗】
时迈其邦[1]，	是时出巡察万邦，
昊天其子之[2]，	我是天子为君王，
实右序有周。	上帝保佑周安康。
薄言震之[3]，	天子出行震诸邦，
莫不震迭。	天下侯王皆慌张。
怀柔百神[4]，	愉悦百神祭礼备，
及河乔岳。	叩拜山河遍四方。
允王维后[5]。	周武真乃天下王。
明昭有周，	大周英明放光芒，

式序在位[6]。　　　　朝内朝外官位彰。
载戢干戈[7]，　　　　干戈不兴皆收起，
载櫜弓矢[8]。　　　　捡点弓箭袋中藏。
我求懿德，　　　　　四处亲访有德者，
肆于时夏[9]。　　　　普行仁政中国强。
允王保之[10]。　　　 周王天下永无疆。

【注释】

[1]时，是。迈，出巡。

[2]子之，以我为子。天子，指周武王。

[3]薄、言，语助词。震，震惊、敬畏。

[4]怀柔，愉悦之，祭祀之。

[5]允王，确实是君王。维，是。后，君王。

[6]序在位，各守其职，官位清明。

[7]载，则。戢（jí及），收藏。

[8]櫜（gāo高），盛装弓箭的袋子。

[9]肆（sì四），施行。时，是，这。夏，华夏，中国。

[10]允，信。保，永保山河。

执　竞

【导读】

这是祭祀武王的诗，赞美他英明神武。

【评介】

“《执竞》，祀武王冶。”（《毛诗序》）

“此祭武王、成王、康王之诗。”（朱熹《诗集传》）

“这是祭祀武王的诗。”（程俊英《诗经译注》）

【原诗】	【译诗】
执竞武王[1]，	制服豪强是武王，
无竞维烈[2]。	武功文治世无双。
不显成康[3]，	成王康王继伟业，
上帝是皇[4]。	上帝同样多嘉奖。
自彼成康，	自打成王康王起，
奄有四方[5]，	天下一统平四方，
斤斤其明[6]。	明察秋毫政绩臧。
钟鼓喤喤，	钟鼓之声喤喤响，
磬筦将将[7]，	磬箫之音在回荡，
降福穰穰[8]。	天赐洪福多又多。
降福简简[9]，	天赐洪福不住降，
威仪反反[10]。	威仪翩翩酒宴上。

既醉既饱，	酒醉饭饱眼儿亮，
福禄来反[11]。	福禄双降国运长。

【注释】

[1]执竞，制服豪强。

[2]无竞，无与伦比。烈，丰功伟绩。

[3]不显，太显，大显，显明。成康，成王与康王。

[4]皇，嘉奖。

[5]奄，覆盖。

[6]斤斤，明察，精明状。

[7]磬（qìng庆），敲击乐器。筦（guǎn管），竹管乐。

[8]穰（rǎng攘）穰，众多。

[9]简简，大而多。

[10]反反，翩翩，有风度。

[11]反，返，回报。

思　文

【导读】

这是祭祀后稷配天的诗，传说后稷是农耕的始祖。

【评介】

“《思文》，后稷配天也。”（《毛诗序》）

“周公思先祖有文德者后稷之功能配天。昔尧遭洪水，黎民阻饥，后稷播殖百谷，烝民乃粒，万邦作义。天下之人无不于汝时得其中者。”（朱熹《诗集传》）

“《思文》，后稷配天之乐歌。”（陈子展《诗经直解》）

“这是郊祀后稷以配天的乐歌。”（程俊英《诗经译注》）

【原诗】	【译诗】
思文后稷[1]，	想起后稷文德盛，
克配彼天。	先王功德与天平。
立我烝民[2]，	养育人民种食粮，
莫匪尔极[3]。	无人不受福恩临。
贻我来牟[4]，	小麦大麦送我们，
帝命率育。	天命众人无饥馑。
无此疆尔界，	不必划地分疆界，
陈常于时夏[5]。	全国推广新农耕。

【注释】

[1]思，想起。文，文德。

[2]烝（zhēng争）民，众百姓。立，粒，种五谷以养育万民。

[3]莫，没有人。匪，没有。极，极点，好处。

[4]贻（yí移），送。来，小麦。牟，大麦。

[5]陈，治田。常，农政农耕。时，这。夏，华夏，全国。

周颂·臣工之什

臣工

【导读】

这首诗写周王亲自耕作藉田，以示对农业的重视，并告诫农官要忠于职守，以求年年丰收。

【评介】

“《臣工》，诸侯助祭，遣于庙也。”（《毛诗序》）

“此戒农官之诗。”（朱熹《诗集传》）

“王耕籍旧以敕农官也。”（方玉润《诗经原始》）

“《臣工》，盖王者暮春省耕之诗。”（陈子展《诗经直解》）

“这是周王耕种藉田并告诫农官的诗。”（程俊英《诗经译注》）

【原诗】	【译诗】
嗟嗟臣工，	叫声官吏听我言，
敬尔在公。	公事勤勉要谨慎。
王釐尔成[1]，	来往核查报收成，
来咨来茹[2]。	农稼般般要咨询。
嗟嗟保介[3]，	叫声你等农田官，
维莫之春[4]，	暮春时节已来临，
亦又何求？	有何要求须吭声。

如何新畬[5]？　　　生田熟田怎区分？
於皇来牟[6]，　　　麦穗饱满美又新，
将受厥明。　　　普天之下承恩情。
明昭上帝，　　　昭明上帝显神灵，
迄用康年[7]。　　　赐我丰收好年景。
命我众人，　　　喝令天下众百姓，
庤乃钱镈[8]，　　　藏起锄锹来日用，
奄观铚艾[9]。　　　大家割麦镰儿新。

【注释】

[1]王，往，往来。釐（lí离），报告。成，收成。

[2]咨，咨询。茹，忖度。

[3]保介，田官。

[4]莫，暮。

[5]畬（yú余），种了三年的熟田。

[6]於（wū乌），赞美词。皇，美好。来牟，小麦、大麦。

[7]迄，至。用，以。康年，丰年。

[8]庤（zhì至），收藏。乃，你。钱（jiǎn简），铁锹。镈（bó博），锄头。

[9]奄，同。铚（zhì质），短镰，名词动用为“割”。艾（yì义），刈，割。

噫　嘻

【导读】

这首诗写成王祭天之后，率官民共同耕作，场面极为壮观。

【评介】

“《噫嘻》，春夏祈谷于上帝也。”（《毛诗序》）

“此连上篇亦戒农官之辞。”（朱熹《诗集传》）

“《噫嘻》，反映西周奴隶制社会奴隶阶级受命在集体方式下大规模进行农业劳动一种情况之诗篇之一。”（陈子展《诗经直解》）

“《噫嘻》疑是成王春天祈谷、祭祀上帝，告诫农官的诗。”（程俊英《诗经译注》）

【原诗】	【译诗】
噫嘻成王，	周成王哟多圣贤，
既昭假尔[1]。	召集大家总动员。
率时农夫，	率领农民下大田，
播厥百谷。	播种百谷抢时间。
骏发尔私[2]，	赶快征集私家田，
终三十里。	三十里地为界限。
亦服尔耕[3]，	大家春耕抢时间，
十千维耦[4]。	万人拉犁齐争先。

【注释】

[1]昭，明。假，格，达到。昭假，召集。尔，你们大家。

[2]骏，快捷。私，私田。

[3]服，从事，

[4]耦（ǒu偶），并肩耕地。

振　鹭

【导读】

这可能是一首殷商后代至周助祭的诗。

【评介】

“《振鹭》，二王之后来助祭也。”（《毛诗序》）

“二王，夏、殷也，其后杞也、宋也。”（《笺》）

“此二王之后来助祭之诗。”（朱熹《诗集传》）

“《振鹭》，微子来助祭也。”（方玉润《诗经原始》）

“《振鹭》疑是殷商后代宋微子来周助祭时的乐歌。”（程俊英《诗经译注》）

【原诗】	【译诗】
振鹭于飞[1]，	白鹭展翅在飞翔，
于彼西雍[2]。	在那西面水泽上。
我客戾止[3]，	我家客人翩然到，
亦有斯容。	衣裾飘荡貌端庄。
在彼无恶，	他在封国无人恨，
在此无斁[4]。	莅临此地都喜尚。
庶几夙夜[5]，	望君早晚再努力，
以永终誉。	以保美誉天下扬。

【注释】

[1]振，展翅飞翔。鹭，白鹭。

[2]西雍（yōng拥），西边湖泽。

[3]戾（lì力），至，来到。止，句末助词。

[4]斁（yì义），厌，讨厌。

[5]庶几，期望努力。夙（sù速）夜，早晚。

丰 年

【导读】

这是丰收之后，祭祀酬神的诗。

【评介】

“《丰年》，秋冬报也。”（《毛诗序》）

“报者，谓尝也，烝也。”（《笺》）

“此秋冬报赛田事之乐歌，盖祀田祖先农方社之属也。”（朱熹《诗集传》）

“《丰年》，秋冬大报也。”（方玉润《诗经原始》）（大报：大祭天地鬼神）

“《丰年》，盖百谷报成之祭所歌。”（陈子展《诗经直解》）

“这篇是秋收以后祭祀祖先时所唱的乐歌。”（程俊英《诗经译注》）

【原诗】	【译诗】
丰年多黍多稌[1]，	稻黍多产喜丰年，
亦有高廪[2]，	座座粮囤入云天，
万亿及秭[3]。	万斗亿斛难计算。
为酒为醴[4]，	好米酿成酒醇甜，
烝畀祖妣[5]。	祖宗灵前来敬献。
以洽百礼，	百样祭礼都备全，
降福孔皆[6]。	天降福泽数不完。

【注释】

[1]黍（shǔ属），小米。稌（tú涂），稻谷。

[2]廪（lǐn懔），粮仓。

[3]秭（zǐ子），十亿。周代十万为亿。

[4]醴（lǐ礼），甜酒。

[5]烝（zhēng征），敬献。畀（bì币），给。祖妣（bǐ比），祖先。

[6]孔，很。皆，普遍。

有　瞽

【导读】

这是在宗庙之上奏乐祭祖的诗，周代的乐师多为盲人。

【评介】

“《有瞽》，始作乐而合乎祖也。”（《毛诗序》）

“序以此为始作乐而合乎祖之诗。”（朱熹《诗集传》）

“这是一首合乐祭祖的诗。”（程俊英《诗经译注》）

【原诗】	【译诗】
有瞽有瞽[1]，	盲乐师呀盲乐师，
在周之庭。	大周宗庙来主事。
设业设虡[2]，	钟鼓架儿设立好，
崇牙树羽[3]。	牙钩彩羽紧相依。
应田县鼓[4]，	小鼓大鼓悬挂起，
鞉磬柷圉[5]。	鞉磬柷围乐器齐。
既备乃奏，	诸般备好便奏乐，
箫管备举。	箫管同吹和声密。
喤喤厥声，	引子吹毕合奏起，
肃雍和鸣，	庄严肃穆感天地，
先祖是听。	祖宗神灵听仔细。
我客戾止[6]，	我之嘉宾都来此，
永观厥成[7]。	听乐观舞笑嘻嘻。

【注释】

[1]瞽（gǔ古），盲人，指盲乐师。

[2]业，乐架上如锯齿形的板。虡（jù巨），直木架。

[3]崇牙，挂乐器的木钉。树羽，铺设五彩羽毛。

[4]应田，小鼓。县鼓，悬鼓，大鼓。

[5]鞉（táo桃），拨浪鼓。磬（qìng雨庆），玉石板形的敲击乐。柷（zhù祝），桶形乐器，打击乐。圉（yǔ雨），通“敔”，乐器名，木制，每当演奏完毕，以击敔表示止乐。

[6]戾（lì力），到，光临。

[7]成，乐段告一段落。

潜

【导读】

这首诗写周王以鱼祭祖，诗中提到“鳣”“鲔”“鲦”“鲿”“鰋”“鲤”六种鱼，可见当时渔业也颇为发达。

【评介】

“《潜》，冬季荐鱼，春献鲔也。”（《毛诗序》）

“《月令》，季冬命渔师始渔，天子亲往，乃尝鱼。先荐寝庙，季春荐鲔于寝庙。此其乐歌也。”（朱熹《诗集传》）

“《潜》，专用鱼类献祭宗庙之诗。愚意，还在旧石器下期，中石器初期，人类已知摩擦取火，而以渔猎为生，直至发生宗教，相信死后生活，可有专用鱼类献祭之原始仪式。进入奴隶制社会，此尚作为一种正式祭典，不过可视为原始氏族社会旧俗之残余而已。”（陈子展《诗经直解》）

“这是周王用鱼献祭于宗庙时所唱的乐歌。”（程俊英《诗经译注》）

【原诗】	【译诗】
猗与漆沮[1]，	美哉漆沮二水流，
潜有多鱼[2]。	鱼儿众多水底游。
有鳣有鲔，	鳣鱼鲔鱼尾碰尾，
鲦鲿鰋鲤。	鲦鲿鰋鲤头挨头。
以享以祀，	年年有鱼供祭祀，
以介景福[3]。	求得洪福无止休。

【注释】

[1]猗（yī衣）与，赞美声。漆、沮（jū居），周代两条河流。两河在今陕西省耀县汇合后，又流入渭河。

[2]潜，深水潜藏。

[3]介，助。景，大。

雝

【导读】

这首诗写武王率诸侯祭祀文王。据说是在祭祀结束，撤去祭品时所唱。

【评介】

"《雝》，禘太祖也。"（《毛诗序》）

"禘，大祭也。"（《笺》）

"此武王祭文王之诗。"（朱熹《诗集传》）

"这是武王祭文王的诗。"（程俊英《诗经译注》）

【原诗】	【译诗】
有来雝雝[1]，	和穆雍容客来时，
至止肃肃。	严肃恭敬至此地。
相维辟公[2]，	诸侯列队为助祭，
天子穆穆。	天子静穆美风仪。
於荐广牡[3]，	献上肥美三牲宜，
相予肆祀[4]。	诸公相助祭品齐。
假哉皇考[5]，	父皇丰功连伟绩，
绥予孝子。	先人安抚孝子齐。
宣哲维人[6]，	智慧聪明男子汉，
文武维后[7]。	文武双全周天子。
燕及皇天[8]，	皇家天下洪福弥，
克昌厥后。	繁荣昌盛有子嗣。

绥我眉寿[9]，	保佑我寿无休止，
介以繁祉[10]。	赐我诸多大福祉。
既右烈考[11]，	先把英明父王祭，
亦右文母[12]。	亦拜母亲讳太姒。

【注释】

[1]雍雍，雍和从容。

[2]相，助祭。维，是。辟公，诸侯。

[3]於（yū乌），叹词。荐，献祭。广牡，肥大的公畜。

[4]相，帮助。肆祀，摆好祭品。

[5]假，嘉美。皇考，亡父。

[6]宣哲，明智聪明。维，是。

[7]文武，文治武功。后，君主，指周天子。

[8]燕，安定。

[9]绥（suí随），赐予。眉寿，长寿。

[10]介，赐予，相助。繁祉，繁多的福祉。

[11]右，通“侑”，劝祭、告慰。烈父，光明、英明的父亲。

[12]文母，太姒。

载　见

【导读】

这是诸侯来朝，成王率众祭祀武王时所唱的歌。

【评介】

“《载见》，诸侯始见乎武王庙也。”（《毛诗序》）

“此诸侯祭于武王庙之诗。”（朱熹《诗集传》）

“这是诸侯来朝，助祭周武王时所唱的乐歌。”（程俊英《诗经译注》）

【原诗】	【译诗】
载见辟王[1]，	诸侯入周朝成王，
曰求厥章[2]。	祈求大周赐典章。
龙旗阳阳，	绣龙旗帜多明亮，
和铃央央。	官车铃儿响叮当。
鞗革有鸧[3]，	马辔饰金亮煌煌，
休有烈光[4]。	美丽动人明晃晃。
率见昭考[5]，	带着诸侯祭武王，
以孝以享[6]。	虔诚肃穆立庙堂。
以介眉寿[7]，	英灵保佑寿命长，
永言保之，	永保江山归一统，
思皇多祜[8]。	成王福禄永无疆。
烈文辟公[9]，	诸侯列公功德美，
绥以多福，	成王福祉大家帮，
俾缉熙于纯嘏[10]。	前程吉祥放光芒。

【注释】

[1]载，开始。辟王，君王，指周成王。

[2]厥章，指典章车服。

[3]鞗（tiáo条）革，马辔。有鸧（qiāng枪），金饰品。

[4]休，美丽。烈光，闪烁光辉。

[5]率，带领。昭考，左边的武王庙堂。

[6]孝、享，祭祀状。

[7]介，赐。眉寿，长寿。

[8]皇，君王，指成王。祜（hù户），福。

[9]烈文，有光彩、有功德。辟公，诸侯。

[10]俾（bì必），使。缉熙，有光明。纯嘏（gǔ古），洪福、吉祥。

有　客

【导读】

这是周王为宋微子饯行时所唱的歌。

【评介】

“《有客》，微子来见祖庙也。”（《毛诗序》）

“此微子来见祖庙之诗。”（朱熹《诗集传》）

“《有客》，‘箕子来朝见祖庙也。’”（方玉润《诗经原始》）

“这是宋微子朝周，周王设宴饯行时所唱的乐歌。”（程俊英《诗经译注》）

【原诗】	【译诗】
有客有客，	客来到，客来到，
亦白其马。	骑着白马风度好。
有萋有且[1]，	人又多，势又众，
敦琢其旅[2]。	随员整齐穿着俏。
有客宿宿[3]，	打从贵客当晚住，
有客信信[4]。	至今住宿四天了。
言授之絷[5]，	真想把根绳子找，
以絷其马。	系住白马不让跑。
薄言追之[6]，	珍重为他来饯行，
左右绥之[7]。	左右随员都慰劳。
既有淫威[8]，	贵客受到好款待，

降福孔夷[9]。　　　赏赐福禄不会少。

【注释】

[1]有萋有且（jū居），萋萋且且，人多的样子。

[2]敦琢，雕琢，选择齐整。旅，随员。

[3]宿，住一夜。

[4]信，二夜。信信，四夜。

[5]絷（zhí执），绳索。

[6]追，饯行。

[7]绥，安抚、款待。

[8]淫威，大德，恩惠。

[9]孔夷，很大。

武

【导读】

这是赞美武王克商的《大武》之歌。

【评介】

“《武》，奏《大武》也。”（《毛诗序》）

“《大武》，周公作乐，所为舞也。”（《笺》）

“大武，周公象武王武功之舞，歌此诗以奏之。”（朱熹《诗集传》）

“《武》，即《大武》，或即《武宿夜》。疑是武王伐纣前夕，士卒群众集体创作之军歌。”（陈子展《诗经直解》）

“这是叙述武王克商的《大武》乐歌，据《吕氏春秋》，为周公所作。”（程俊英《诗经译注》）

【原诗】	【译诗】
於皇武王，	灿烂辉煌周武王，
无竞维烈[1]。	丰功伟绩世无双。
允文文王[2]，	文治德信周文王，
克开厥后[3]。	能把后世基业创。
嗣武受之[4]，	后嗣武王继大业，
胜殷遏刘[5]，	战胜强敌亡殷商，
耆定尔功[6]。	功成名就国运长。

【注释】

[1]於（wū乌），赞叹词。竞，无与伦比。烈，功业，指灭商大业。

[2]允，诚信，实在。文，文德。

[3]克，能。开，开辟（基业）。厥后，指后嗣。

[4]嗣武，后嗣武王。

[5]遏刘，消灭。

[6]耆（zhī支），致，达到。

周颂·闵予小子之什

闵予小子

【导读】

诗中表明继承先王事业的决心。

【评介】

"《闵予小子》，嗣王朝于庙也。"（《毛诗序》）

"'嗣王'者，谓成王也。除武王之丧，将始即政，朝于庙也。"（《笺》）

"此成王除丧朝庙所作，疑后世遂以为嗣王朝庙之乐。"（朱熹《诗集传》）

"这是成王遭武王之丧告于祖庙的诗。"（程俊英《诗经译注》）

【原诗】	【译诗】
闵予小子[1]，	可怜小人资质浅，
遭家不造[2]，	家门不幸风波险，
嬛嬛在疚[3]。	孤独无依愁难遣。
於乎皇考[4]！	哭声父亲周武王，
永世克孝。	终生尽孝孝感天。
念兹皇祖[5]，	念我祖父文王贤，
陟降庭止[6]。	用人公正慎升迁。
维予小子，	我这后翻功德浅，

夙夜敬止。　　　　早晚谨慎朝廷间。
於乎皇王！　　　　叫声祖宗听我言，
继序思不忘[7]。　　誓把祖业担在肩。

【注释】

[1]闵，可怜，可叹。

[2]不造，不幸。遭，遭逢。

[3]嬛（qióng穷）嬛，茕茕，孤独无靠。疚，忧愁。

[4]於（wū乌）乎，同“呜呼”，感叹词。皇考，指周武王。

[5]皇祖，指周文王。

[6]陟（zhì至）降，升降。庭，指公正用人。

[7]序，事业，祖业。

访　落

【导读】

这是成王祭祀武王的诗，诗中表明要继承先王之德，与贤臣共谋朝政。

【评介】

“《访落》，嗣王谋于庙也。”（《毛诗序》）

“谋者，谋政事也。”（《笺》）

“成王既朝于庙，因此作诗，以道延访群臣之意。”（朱熹《诗集传》）

“诗似成王召集庙前会议之致词。咨询政事，而归结于祈求先人在天之灵之佑助，并以威吓臣民，反映奴隶制社会大奴隶主阶级之宗法思想、权威意识也。”（陈子展《诗经直解》）

“这是成王朝武王庙和群臣商议国政的诗。”（程俊英《诗经译注》）

【原诗】	【译诗】
访予落止[1]，	即位之初有筹谋，
率时昭考[2]。	遵循先父大道走。
於乎悠哉！	任重道远无尽头，
朕未有艾[3]。	我乏经历谋不周。
将予就之[4]，	努力靠拢先王路，
继犹判涣[5]。	继承祖业展宏图。
维予小子，	念我年轻不懂事，

未堪家多难。	家国之难难承受。
绍庭上下[6]，	秉道正直行上下，
陟降厥家[7]。	任免公平服左右。
休矣皇考[8]，	缅怀父王思虑周，
以保明其身。	以此自勉力量足。

【注释】

[1]访，谋划。落，开始。

[2]率，遵循。时，这。昭考，英明的先父，即周武王。

[3]於（wū乌），感叹词。朕，周成王自称。艾，经验、阅历。

[4]将，助。就，靠近。之，先王成法。

[5]犹，猷，谋略，宏图。判涣，大。

[6]绍，继承。庭，正直公正。

[7]陟（zhì至）降，任免升降。

[8]休，美，英明。皇考，亡父，指武王。

敬之

【导读】

这是一首成王自谦自勉的诗，诗中表达了希望得到众位大臣辅佐的愿望。

【评介】

“《敬之》，群臣进戒嗣王也。”（《毛诗序》）

“成王受群臣之戒而述其言”（朱熹《诗集传》）

“《敬之》，成王自箴也。”（方玉润《诗经原始》）

“这是成王自戒并告群臣的诗。”（程俊英《诗经译注》）

【原诗】	【译诗】
敬之敬之，	万事警惕常谨慎，
天维显思[1]。	天意深广又高明。
命不易哉！	维系国运费我心！
无曰：高高在上，	莫说老天高在上，
陟降厥士[2]，	朝臣升降非小事，
日监在兹[3]。	老天监督费思忖。
维予小子，	我这小子年岁轻，
不聪敬止[4]。	警惕谨慎要聪明。
日就月将，	日积月累有所进，
学有缉熙于光明[5]。	学养汇聚放光明。
佛时仔肩[6]，	群臣辅我荷重任，
示我显德行。	列公告我显德行。

【注释】

[1]显，明。思，语气词。

[2]陟（zhì至）降，升官贬职。厥士，指朝臣。

[3]日，每天。指老天每天在监督。

[4]不，语气词。聪，聪明、谨慎。

[5]缉熙，积累、汇聚。

[6]佛（bì必），通“弼”，辅佐。时，是，这。仔肩，责任。

小毖

【导读】

这是管蔡、武庚之乱后，成王作的自我批评，也有向群臣求助之意。成语“惩前毖后”即出于此。

【评介】

“《小毖》，嗣王求助也。”（《毛诗序》）

“毖，慎也。天下之事当慎其小，小时而不慎，后为祸大，故成王求忠臣早辅助己为政，以救患难。”（《笺》）

“此亦《访落》之意。”（朱熹《诗集传》）

“这是成王诛管蔡、消灭武庚以后，自我惩戒并求助于群臣的诗。”（程俊英《诗经译注》）

【原诗】	【译诗】
予其惩，	惩前毖后我当心，
而毖后患[1]。	谨防后患又来临。
莫予荓蜂[2]，	没人拉我如此行，
自求辛螫[3]。	自找烦恼费苦辛。
肇允彼桃虫[4]，	起初看它小鹪鹩，
拚飞维鸟[5]。	谁知翩飞恶鹏临。
未堪家多难，	不堪家国多灾难，
予又集于蓼[6]。	我惹事端陷困境。

【注释】

[1]惩，警戒。毖（bì闭），谨慎。

[2]荓（píng平）蜂，牵引扯曳。

[3]螫（shì是），蜂蜇人。辛，辛劳。

[4]肇，开始。桃虫，鹪鹩。

[5]拚，翩，翻腾飞翔。

[6]蓼（liǎo了），苦辣水草，谓惹出麻烦。这是成王的自警诗。

载芟

【导读】

《载芟》是说成王在春天亲自参加农耕，祭祀土神、谷神，以祈求丰收。诗中详细描写了耕作收获、祭祀酬神的场面，可从中了解当时的社会生活。

【评介】

“《载芟》，春籍田而祈社稷也。”（《毛诗序》）

“《载芟》，春耕田而祈社稷也。”（陈子展《诗经直解》）

“这是周王祭社稷（土谷之神）的乐歌。从开端到‘绵绵’句都是写农夫力田和禾谷成长的情形。‘载获’四句写丰收。‘为酒’七句写祭祀得福。最后三句表示对神的感谢。”（余冠英《诗经选译》）

“这是周王在春天藉田的时候，祭祀土神、谷神的舞歌。”（程俊英《诗经译注》）

【原诗】	【译诗】
载芟载柞[1]，	开始除草挖树根，
其耕泽泽[2]。	湿润土地事农耕。
千耦其耘[3]，	千人拉犁万人耘，
徂隰徂畛[4]。	遍布低地与田埂。
侯主侯伯[5]，	田主公子齐努力，
侯亚侯旅[6]，	晚辈随从紧紧跟，
侯强侯以[7]。	雇工伙计活路紧。

有嗿其馌[8]，	歆晌吃饭香喷喷，
思媚其妇，	看那娘子笑盈盈，
有依其士[9]。	看她汉子好本领。
有略其耜[10]，	金属犁头真锋利，
俶载南亩[11]，	南边土地抢先耕。
播厥百谷，	百谷种籽撒播开，
实函斯活[12]。	种籽发胀芽儿生，
驿驿其达[13]，	冒出幼苗水灵灵。
有厌其杰[14]，	禾苗生长多葳蕤，
厌厌其苗，	又茂盛来又齐整，
绵绵其麃[15]。	穗儿连绵谷沉沉。
载获济济，	开始收获人济济，
有实其积，	谷场粮囤在堆积，
万亿及秭。	千垛万担亿斛计。
为酒为醴[16]，	酿成清酒和甜酒，
烝畀祖妣[17]，	祖宗灵前来献祭，
以洽百礼。	百样祭品摆得密。
有饳其香[18]，	新米熟饭甜又香，
邦家之光。	家门开心邦国盛。
有椒其馨[19]，	美酒开启好温馨，
胡考之宁[20]？	敬给老人多安宁。
匪且有且[21]，	农耕岂从今年始，
匪今斯今，	丰收非从今日盛，
振古如兹。	从古以来到如今。

【注释】

[1]载，开始。芟（shān山）、除草。柞（zé责），砍树刨根。

[2]泽泽（shì士），土地润泽状。

[3]耦（ǒu偶），两人并肩相对而耕。

[4]徂，去。隰（xí习），低地。畛（zhěn诊），田埂。

[5]侯，发语词。主，家长。伯，长子。

[6]亚，旅，晚辈人等。

[7]强、以，指雇工、伙计等身体强壮的人。

[8]嗿（tǎn坦），大伙饮食声。馌（yè叶），送到田头的饭菜。

[9]依，壮。士，汉子。

[10]略，锋利。耜（sì四），犁尖。

[11]俶（chù处），翻土。载，先。

[12]实，种籽。函，发胀。活，绽芽。

[13]驿驿，接连不断。达，长出幼苗。

[14]厌，美好有生气。杰，长得高，长得多。

[15]绵绵，连绵茂密。麃（biāo标），穗。

[16]醴（lǐ礼），甜酒。

[17]烝（zhēng征），献祭。畀（bì必）给予。祖妣（bǐ比），先祖先母。

[18]飶（bì必），芬芳。

[19]椒、馨，浓香。

[20]胡考，寿考之人，老年人。

[21]匪，非。且，此，种田事。

良 耜

【导读】

这是秋收之后，成王祭祀土神、谷神的诗，内容与《载芟》相近。

【评介】

“《良耜》，秋报社稷也。”（《毛诗序》）

“此诗当秋祭而预言冬获，则前诗当春祭何不可以预言秋成？是《载芟》为春祈无疑。盖二诗皆举农工本末而言。”（方玉润《诗经原始》）

“这是周王在秋收以后祭祀土神谷神的乐歌。”（程俊英《诗经译注》）

【原诗】	【译诗】
畟畟良耜[1]，	犁头锋利入地深，
俶载南亩[2]。	先把南边田亩耕。
播厥百谷，	百样谷物都播种，
实函斯活[3]。	种籽裂嘴幼芽生。
或来瞻女，	有人过来看你们，
载筐及筥[4]，	方筐圆篮挑在身，
其饟伊黍[5]。	送来米饭热腾腾。
其笠伊纠[6]，	斗笠带儿系脖颈，
其镈斯赵[7]，	挥锄铲土有干劲，
以薅荼蓼[8]。	薅除杂草茎与根。

荼蓼朽止，	杂草腐烂在田里，
黍稷茂止。	黍米高粱更茂盛。
获之挃挃[9]，	收割庄稼嚓嚓响，
积之栗栗[10]。	堆积粮食密密囤。
其崇如墉[11]，	粮囤高高像山城，
其比如栉[12]。	鳞次栉比一层层。
以开百室，	打开库房百多间，
百室盈止，	百间库房满盈盈，
妇子宁止。	妻子儿女都安心。
杀时犉牡[13]，	杀掉肥壮大公牛、
有捄其角[14]。	牛角弯弯爱煞人。
以似以续[15]，	后代祭祀永不停，
续古之人。	前人礼数后人承。

【注释】

[1]畟（cè测）畟，锋利。耜（sì四）犁头。

[2]俶（chù畜），翻土。载，先。

[3]实，种籽。函，绽芽。活，有生气。

[4]筥（jǔ举），圆形筐。

[5]馕（xiǎng响），送来田头的饭菜。黍，小米饭。

[6]笠，斗笠。纠，系结。

[7]镈（bó博），锄头。赵，铲。

[8]薅（hāo蒿），铲除。荼（tú途）蓼（liǎo了），野草。

[9]挃（zhì至）挃，割庄稼的嚓嚓声。

[10]栗栗，众多、密集状。

[11]崇，高。墉（yōng拥），城墙。

[12]比，密。栉（zhì质），木梳、篦子。

[13]时，这。犉（rún润第二声），身长七尺的大牛。

[14]捄（qiú求），弯曲的牛角。

[15]似，通“嗣”，继续祭祀。

丝　衣

【导读】

这是周王祭神的诗。

【评介】

“《丝衣》，绎宾尸也。高子曰：‘灵星之尸也。’”（《毛诗序》）

“绎，又祭也。天子诸侯曰绎，以祭之明日。卿大夫曰宾尸，与祭同日。周曰绎，商谓之肜。”（《笺》）

“此亦祭而饮酒之诗。”（朱熹《诗集传》）

“这是周王祭神的歌舞诗。”（程俊英《诗经译注》）

【原诗】	【译诗】
丝衣其紑[1]，	身穿祭服多鲜亮，
载弁俅俅[2]。	头戴帽儿好端庄。
自堂徂基[3]，	从此门内到庙堂，
自羊徂牛。	依次摆着牛与羊。
鼐鼎及鼒[4]，	大中小鼎鼎套鼎，
兕觥其觩[5]。	牛角酒杯弯又长。
旨酒思柔，	酒性甘甜又醇美，
不吴不敖[6]，	缓语柔声不傲上，
胡考之休[7]？	祈求福寿永无疆。

【注释】

[1]纤（fǒu否），鲜明。丝衣，指祭服。

[2]载，戴。弁（biàn变），帽。俅（qiú求）俅，指冠服漂亮端庄。

[3]徂，到。基，门槛。

[4]鼐（nài奈），大鼎。鼒（zī资），小鼎。三脚铜铸容器。

[5]兕（sì四）觥（gōng工），牛角酒杯。觩（qiú求），弯曲的牛角。

[6]吴，大声说话。敖，傲。

[7]胡考，长寿。休，吉祥。

酌

【导读】

这首诗赞美武王伐纣成功的伟大功绩，是《大武》之一。

【评介】

“《酌》，告成《大武》也。言能酌先祖之道以养天下也。”（《毛诗序》）

“周公居摄六年，制礼作乐，归政成王，乃后祭于庙而奏之。其始成，告之而已。”（《笺》）

“此亦颂武王之诗。”（朱熹《诗集传》）

“这是成王时《大武》乐歌之一。”（程俊英《诗经译注》）

【原诗】	【译诗】
於铄王师[1]，	武王军队势头旺，
遵养时晦[2]。	挥兵讨伐亡殷商。
时纯熙矣[3]，	战局明朗光华放，
是用大介[4]。	辉煌战功呈吉祥。
我龙受之[5]，	天宠大周得天下，
跻跻王之造[6]。	武王造化威势强。
载用有嗣[7]，	后代子孙传基业，
实维尔公允师[8]。	师法先公武运长。

【注释】

[1]於（wū乌），赞叹词。铄（shuò朔），有光采。

[2]遵，统兵。养，取，讨伐。时，这。晦，暗昧的殷商。

[3]纯熙，光明四放。

[4]大介，大吉祥。

[5]龙，宠;受，承受。

[6]蹻（jué决）蹻，威武雄壮。造，造化，功勋。

[7]载，则。嗣，继承。

[8]维，是。尔公，你的先公周武王。师，师法，学习。

桓

【导读】

这首诗赞美武王克商后，一派安定繁荣的气象，这是《大武》的第六章。

【评介】

“《桓》，讲武类祃也。桓，武志也。”（《毛诗序》）

“娄也，祃也，皆失祭也。”（《笺》）

“大军之后，必有凶年，而武王克商，则除害以安天下，故屡获丰年之祥，《传》所谓‘周饥克殷而年丰’是也。然天命之于周，久而不厌也，故此桓桓之武王，保有其土，而用之于四方，以定其家，其德上昭于天也。”（朱熹《诗集传》）

“《小序》谓‘讲武类祃’，亦未尽非，但不若邹肇敏云‘祀武王于明堂’之说为较切耳。”（方玉润《诗经原始》）

“这是歌颂武王克商以后，各国安定，年谷常丰，天下太平。它是《大武》的第六章。”（程俊英《诗经译注》）

【原诗】	【译诗】
绥万邦，	天下万邦皆平定，
娄丰年，	岁岁丰年国安宁，
天命匪解[1]。	天佑大周永福荫。
桓桓武王[2]，	威威赫赫周武王，
保有厥士，	拥有猛将与强兵，

于以四方，　　镇守四方得和平，
克定厥家。　　家家户户喜盈盈。
於昭于天，　　功业光照日月星，
皇以间之[3]。　　取代殷商天道行。

【注释】

[1]解，懈怠。

[2]桓桓（huán环），威风凛凛的样子。

[3]於（wū乌），感叹词。皇，为王。间，取代。之，指殷商。

赉

【导读】

这首诗写武王克商，凯旋而归，祭祀文王，这是《大武》的第三章。

【评介】

“《赉》，大封于庙也。赉，予也，言所以锡予善人也。”（《毛诗序》）

“大封，武王伐纣时封诸臣有功者。”（《笺》）

“此颂文武之功，而言其大封功臣之意也。”（朱熹《诗集传》）

“《赉篇》，武王伐殷克纣以后，宣布膺受先业，并大封诸侯于庙之诗。”（陈子展《诗经直解》）

“这是武王克商还都，祭祀文王封功臣的乐歌。”（程俊英《诗经译注》）

【原诗】	【译诗】
文王既勤止，	文王终生太辛芳，
我应受之[1]。	我承祖业重担挑。
敷时绎思[2]，	颁布政令一连串，
我徂维求定[3]。	为定天下把商讨。
时周之命，	天下诸侯受周命，
於绎思[4]。	不可中断走邪道。

【注释】

[1]受，接受、继承。

[2]敷，铺，颁布。时，这些（政令）。绎，一连串。思，语助词。

[3]徂，去。

[4]於（wū乌），赞美词。绎，继续不断。

般

【导读】

这是《大武》的第四章。

【评介】

“《般》，巡守而祀四岳河海也。般，乐也。”（《毛诗序》）

“《般篇》，有关王者巡狩祭祀之诗。”（陈子展《诗经直解》）

“这是周王巡狩祭祀山川的乐歌。它是《大武》的第四章。”（程俊英《诗经译注》）

【原诗】	【译诗】
於皇时周[1]，	大周壮丽又辉煌，
陟其高山。	陟登高山极目望。
嶞山乔岳[2]，	崇山大岳镇四方，
允犹翕河[3]。	涓水成河起波浪。
敷天之下[4]，	普天之下皆王土，
裒时之对[5]，	诸侯朝拜面君王，
时周之命。	大周使命不可忘。

【注释】

[1]於（wū乌），同“呜”，赞叹词。皇，壮丽辉煌。时，是，这。

[2]嶞（duò惰），狭而长的山脉。乔岳，高山。

[3]允，语助问。犹，尚。翕（xī西）河，水流汇聚成河。

[4]敷，普。

[5]裒（póu抔），众多，集聚。对，朝拜答对。

𬳶

鲁 颂

鲁颂·駉之什

駉

【导读】

这首诗赞美鲁僖公的深谋远虑，畜养骏马以增强国力，也有认为是以骏马喻贤才。

【评介】

“《駉》，颂僖公也。僖公能遵伯禽之法，俭以足用，宽以爱民，务农重谷，牧于坰野，鲁人尊之，于是季孙行父请命于周，而史克作是颂。”（《毛诗序》）

“此诗言僖公牧马之盛。”（朱熹《诗集传》）

“《駉篇》，有关鲁侯考牧之诗。”（陈子展《诗经直解》）

“这是歌颂鲁僖公养马众多，注意国家长远利益的诗。”（程俊英《诗经译注》）

【原诗】	【译诗】
駉駉牡马[1]，	群马肥又大，
在坰之野。	放牧在郊涯。
薄言駉者，	说起那些马，
有驈有皇[2]，	黑马带白胯，
有骊有黄[3]，	红黄色交杂，
以车彭彭[4]。	最宜把车驾。

思无疆[5]，　　马力无限大，
思马斯臧[6]。　　壮美难复加。

駉駉牡马，　　群马肥又大，
在坰之野。　　放牧在郊涯。
薄言駉者，　　说起那些马，
有骓有駓[7]，　　黄白混毛色，
有骍有骐[8]，　　青黑色交杂，
以车伾伾[9]。　　宜把战车驾。
思无期，　　马身高又大，
思马斯才[10]。　　骏美实可嘉。

駉駉牡马，　　群马肥又大，
在坰之野。　　放牧在郊涯。
薄言駉者，　　说起那些马，
有驒有骆[11]，　　青白起纹花，
有骝有雒[12]，　　赤焦色交杂，
以车绎绎[13]。　　拉车好步伐。
思无斁[14]，　　马快不拖沓，
思马斯作。　　神奇真堪夸。

駉駉牡马，　　群马肥又大，
在坰之野。　　放牧在郊涯。
薄言駉者，　　说起那些马，
有骃有騢[15]，　　红白起纹花，

有驔有鱼[16]，　　黄脊白眼眨，
以车祛祛[17]。　　骄健把车驾。
思无邪，　　马快不偏斜，
思马斯徂。　　腾跃奔天涯。

【注释】

[1]駉（jiōng扃），肥马。牡，这里指肥壮。

[2]驈（yù玉），黑马白胯。皇，黄白马。

[3]骊（lí离），黑色。

[4]以车，拉车。彭彭，有力而快捷。

[5]思，发语词。无疆，无边。

[6]臧，善、美。

[7]骓（zhuī追），苍白杂毛马。駓（pī丕），黄白杂毛马。

[8]骍（xīng星）赤黄白。骐（qí齐），青黑马。

[9]伾（pī丕）伾，有力而快捷。

[10]才，材，个子大。

[11]驒（tuó驼），黑毛白纹马。骆（luò洛），白色黑鬣马。

[12]骝（liú刘），红毛黑鬃马。雒（luò洛），黑身白鬃马。

[13]绎（yì亿）绎，快速。

[14]斁（dù杜），厌倦。

[15]骃（yīn因），浅黑杂白毛的马。騢（xiá霞），红白杂毛马。

[16]驔（diàn店），黑色黄脊马。鱼，白眼眶马。

[17]祛祛（qū区），骄健。

有　駜

【导读】

这首诗写鲁僖公宴饮群臣，赞美僖公勤政爱民，使国家安定繁荣。

【评介】

“《有駜》，颂僖公君臣之忧道也。”（《毛诗序》）

“此燕饮而颂祷之辞也。”（朱熹《诗集传》）

“这是颂祷鲁僖公和群臣宴会饮酒的诗。”（程俊英《诗经译注》）

【原诗】	【译诗】
有駜有駜[1]，	马儿肥来马儿壮，
駜彼乘黄[2]。	四匹一组毛色黄。
夙夜在公，	早晚办公在朝堂，
在公明明[3]。	勉力勤政公务忙。
振振鹭[4]，	手执鹭羽来起舞，
鹭于下。	有若白鹭过朝堂。
鼓咽咽，	鼓声频催咚咚响，
醉言舞，	醉后起舞步踉跄，
于胥乐兮[5]。	人人尽兴乐无疆。
有駜有駜，	马儿肥来马儿壮，
駜彼乘牡。	四匹一组公马强。

夙夜在公，	早晚办公在朝堂，
在公饮酒。	朝堂饮宴美酒香。
振振鹭，	手执鹭羽来起舞，
鹭于飞。	有如白鹭在翱翔。
鼓咽咽，	鼓声频催咚咚响，
醉言归，	醉后回家步履忙，
于胥乐兮。	人人满足乐无疆。
有駜有駜，	马儿肥来马儿壮，
駜彼乘駽[6]。	一组青马头高昂。
夙夜在公，	早晚办公在朝堂，
在公载燕[7]。	朝堂盛宴有排场。
自今以始，	自从今年把头开，
岁其有。	岁岁丰年光景强。
君子有榖[8]，	达官贵人多吉祥，
诒孙子[9]，	传给儿孙都沾光，
于胥乐兮。	一家老小乐无疆。

【注释】

[1]駜（bì必），马儿肥壮。

[2]乘，四马一组。

[3]在公，在朝堂。明明，勉力、勤勉状。

[4]振振，飘舞状。鹭，鹭羽。

[5]于，吁，叹词。胥，皆。

[6]駽（xuān宣），铁青色马。

[7]载，则，就。燕，宴。

[8]穀（gǔ古），善，吉祥。

泮 水

【导读】

这首诗详细描写了鲁僖公大败淮夷后，在泮宫宴饮庆功的隆重场面，赞美僖公的英明贤德。

【评介】

“《泮水》，颂僖公能修泮宫也。”（《毛诗序》）

“此饮于泮宫，而颂祷之辞也。”（朱熹《诗集传》）

“《泮水》，颂美鲁僖公平淮。”（陈子展《诗经直解》）

“这是赞美鲁僖公战胜淮夷以后，在泮宫祝捷庆功，宴请宾客的诗。”（程俊英《诗经译注》）

【原诗】	【译诗】
思乐泮水，	泮水畔，好开心，
薄采其芹。	一丛丛，采水芹。
鲁侯戾止[1]，	鲁侯已经光临，
言观其旗。	看到旅旗临近。
其旗茷茷[2]，	他的旅旗飘扬，
鸾声哕哕[3]。	叮当响起鸾铃。
无小无大，	官员不分大或小，
从公于迈。	一起迎接跟他行。
思乐泮水，	泮水畔，乐陶陶，

薄采其藻。	一片片，采水藻。
鲁侯戾止，	鲁侯已经光临，
其马跻跻[4]。	他的马队跻跃。
其马跻跻，	高头大马跻跻，
其音昭昭。	驻足仰天长啸。
载色载笑，	鲁侯欢颜面带笑，
匪怒伊教。	不怒自威会教导。
思乐泮水，	泮水畔，乐悠悠，
薄采其茆。	一圈圈，采莼蔬。
鲁侯戾止，	鲁侯已经光临，
在泮饮酒。	泮宫畅饮美酒。
既饮旨酒，	既把美酒畅饮，
永锡难老[5]。	保他不老少皱。
顺彼长道，	宣讲大道远谋，
屈此群丑[6]。	众官欢聚不愁。
穆穆鲁侯，	鲁侯肃穆待客，
敬明其德。	拥有美好明德。
敬慎威仪，	威仪端庄谨慎，
维民之则。	为民以身作则。
允文允武，	文武双全同美，
昭假烈祖[7]。	英明赶超祖德。
靡有不孝，	不行不孝之举，
自求伊祜[8]。	万全福音求得。

明明鲁侯，　　勤勤恳恳鲁侯，
克明其德。　　他的教化淳厚。
既作泮宫，　　泮宫既已建成，
淮夷攸服[9]，　　淮扬臣服诸丑，
矫矫虎臣，　　矫矫将士如虎，
在泮献馘[10]。　　献上敌耳无数。
淑问如皋陶[11]，　　善于审问俘虏，
在泮献囚。　　泮宫献上众囚。

济济多士，　　文武济济一堂，
克广德心。　　功臣心胸宽广。
桓桓于征[12]，　　凛凛大军出征，
狄彼东南[13]。　　东南全部扫荡。
烝烝皇皇[14]，　　军容威武堂皇，
不吴不扬[15]，　　不喧哗，声不扬，
不告于讻[16]，。　　不叫喊，不嚷嚷，
在泮献功。　　泮宫献功排成行。

角弓其觩[17]，　　雕弓既硬又强，
束矢其搜。　　众箭嗖嗖发响。
戎车孔博，　　兵车排列成行，
徒御无斁[18]。　　步兵车骑奔忙。
既克淮夷，　　淮夷既已失败，
孔淑不逆。　　老实不再顽抗。
式固尔犹[19]，　　谋略制定周详，

淮夷卒获。	淮夷终归投降。
翩彼飞鸮[20]，	翩飞来，猫头鹰，
集于泮林。	集聚泮水之林。
食我桑黮[21]，	吃着我家桑葚，
怀我好音。	为我吟唱妙音。
憬彼淮夷[22]，	淮夷悔悟归心，
来献其琛[23]。	来献异宝奇珍。
元龟象齿[24]，	大龟象牙敬呈，
大赂南金[25]。	还有巨玉重金。

【注释】

[1]鲁侯，鲁僖公。戾止，来到。

[2]茷茷（pèi配），飘飞状。

[3]鸾（luán峦），马身上悬挂的鸾铃。哕（huì会），铃声。

[4]跻跻，矫健强壮的样子。

[5]锡，赐。难老，长命百岁。

[6]屈，收，聚。丑，众。

[7]昭，有光采。假，至。烈祖，鲁国功勋卓著的祖先。

[8]伊，这。祜（hù户），福气。

[9]淮夷攸服，淮夷所服，被征服。

[10]馘（guó国），割下俘虏的左耳请功。

[11]淑问，善于审问。皋陶，舜时善审判事的刑狱官。

[12]桓桓（huán环），威风凛凛。

[13]狄（tì剃），扫平，征服。

[14]烝烝（zhēng征）皇皇，威武堂皇。

[15]吴，喧闹。扬，大声。

[16]讻（xiōng凶），喧哗声。

[17]觩（qiú求），坚硬有力。

[18]徒，步兵。御，骑马、坐车之兵将。斁（dù妒），厌倦。

[19]式，用。固，巩固。犹，谋略。

[20]鸮（xiāo肖），猫头鹰。

[21]桑葚（shèn甚），桑果。

[22]憬（jǐng景），悔悟，改悔。

[23]琛（chēn嗔），珍宝。

[24]元龟，巨龟。

[25]大赂，赂同璐，宝玉。

闷宫

【导读】

这是歌颂鲁僖公能兴祖业、复疆土、建新庙的诗。全诗共九章，一百二十句，是《诗经》里最长的一首诗。

【评介】

“《闷宫》，颂僖公能复周公之宇也。”（《毛诗序》）

“时盖修之故诗人歌咏其事，以为颂祷之词，而推本后稷之生，而下及于僖公耳。”（朱熹《诗集传》）

“这是歌颂鲁僖公能兴祖业、复疆土、建新庙的诗。全诗共九章，一百二十句，是《诗经》里最长的一首诗。”（程俊英《诗经译注》）

【原诗】	【译诗】
闷宫有侐[1]，	姜嫄庙宇清静，
实实枚枚[2]。	严严实实安稳。
赫赫姜嫄[3]，	姜嫄光华灿灿，
其德不回[4]。	德行无比纯正。
上帝是依，	上帝附体其身，
无灾无害。	无灾无难妊娠。
弥月不迟，	满月不再拖延，
是生后稷[5]。	她把后稷诞生。
降之百福，	百种福气赐降，
黍稷重穋[6]，	高粱黍米沉沉，

稙稚菽麦[7]。	豆麦先后植根。
奄有下国，	后稷拥有天下，
俾民稼穑。	百姓学会农耕。
有稷有黍，	高粱熟，黍米生，
有稻有秬[8]。	水稻黄，黑黍青。
奄有下土，	后稷拥有大地，
缵禹之绪[9]。	大禹功业继承。
后稷之孙，	后稷子孙兴旺，
实维大王[10]。	古公亶父太王。
居岐之阳，	居住岐山南面，
实始翦商[11]。	开始剪灭殷商。
至于文武，	到了文王武王，
缵大王之绪[12]。	太王事业发扬。
致天之届[13]，	替天行道伐商，
于牧之野。	在那牧野战场。
无贰无虞[14]，	不许犹豫欺诳，
上帝临女。	老天在你头上。
敦商之旅[15]，	俘虏殷商军旅，
克咸厥功。	大功何等雄壮。
王曰：叔父！	周王叫声叔父，
建尔元子[16]，	立你长子为王，
俾侯于鲁。	封侯鲁国一方。
大启尔宇，	大量开发疆土，
为周室辅。	为我大周屏障。

乃命鲁公，　　成王命令鲁公，
俾侯于东。　　封他为侯在东。
锡之山川，　　赐他山川无限，
土田附庸。　　还有小国附庸。
周公之孙，　　僖公周家子孙，
庄公之子，　　他父便是庄公，
龙旗承祀，　　继承旗帜绣龙，
六辔耳耳。　　六根马缰汇拢。
春秋匪解[17]，　　春秋不能懈怠，
享祀不忒[18]。　　祭祀供品无穷。
皇皇后帝，　　辉煌上帝下顾，
皇祖后稷。　　先祖后稷供奉。
享以骍牺[19]，　　赤红牲畜牺牲，
是飨是宜[20]。　　敬请安享受用。
降福既多，　　降下洪福万种，
周公皇祖，　　皇祖是我周公，
亦其福女。　　保佑福德丰隆。

秋而载尝，　　秋祭大典启奏，
夏而楅衡[21]。　　夏季设栏喂牛。
白牡骍刚[22]，　　白猪赤牛无数，
牺尊将将[23]。　　牛形酒杯碰响。
毛炰胾羹[24]，　　乳猪烧肉汤稠，
笾豆大房[25]。　　各种餐具备够。
万舞洋洋，　　排场盛大起舞，

孝孙有庆。	孝顺子孙庆祝。
俾尔炽而昌，	使你兴旺昌盛，
俾尔寿而臧。	让你健康长寿。
保彼东方，	保定东西国土，
鲁邦是常。	鲁邦正常如初。
不亏不崩，	像山不崩不溃，
不震不腾。	地不震，水长流。
三寿作朋，	恰如三老长寿，
如冈如陵。	好比山冈永久。

公交车千乘，	鲁公兵车千乘，
朱英绿縢[26]，	长矛柄缠红缨，
二矛重弓。	矛弓成双相应。
公徒三万，	鲁公步兵三万，
贝胄朱綅[27]，	头盔镶贝朱綅，
烝徒增增[28]。	大军滔滔出征。
戎狄是膺[29]，	击败北狄西戎，
荆舒是惩[30]，	楚国舒国遭惩，
则莫我敢承。	谁敢争雄斗狠？
俾尔昌而炽，	使你兴旺昌盛，
俾尔寿而富。	使你富有长寿。
黄发台背[31]，	花纹背，黄发鬓，
寿胥与试[32]。	高寿无人并论。
俾尔昌而大，	使你繁荣兴盛，
俾尔耆而艾[33]。	使你年高寿永，

万有千岁，	千秋万岁强健，
眉寿无有害。	长眉高寿无病。

泰山岩岩，	泰山入云高耸，
鲁邦所詹[34]。	鲁国上下敬奉。
奄有龟蒙[35]，	拥有龟蒙二山，
遂荒大东。	边界直逼于东。
至于海邦，	海滨小国服从，
淮夷来同。	淮夷来此朝贡。
莫不率从，	无人敢不顺从，
鲁侯之功。	此为鲁侯大功。

保有凫绎[36]，	拥有凫绎二山，
遂荒徐宅。	开辟徐国地盘。
至于海邦，	沿海小国听命，
淮夷蛮貊[37]。	淮夷蛮貊来攀。
及彼南夷，	及至南夷各国，
莫不率从。	莫不顺从相伴。
莫敢不诺，	大家唯唯诺诺，
鲁侯是若。	鲁侯命令如山。

天锡公纯嘏[38]，	天赐鲁公福大，
眉寿保鲁。	长寿保国无瑕。
居常与许，	收回常许国土，
复周公之宇。	恢复周公管辖。

鲁侯燕喜[39]，	鲁侯举行喜宴，
令妻寿母。	爱妻敬母堪夸。
宜大夫庶士，	优待文武百官，
邦国是有。	国家发展壮大。
既多受祉，	上天降福无限，
黄发儿齿。	黄发又长新牙。

徂来之松[40]，	徂徕山上千松，
新甫之柏，	新甫山上万柏，
是断是度，	砍下树木劈开，
是寻是尺。	测量犹如剪裁。
松桷有舄[41]，	松木椽子笔直，
路寝孔硕[42]，	营建宫殿高台，
新庙奕奕[43]。	新造庙宇气派。
奚斯所作[44]，	奚斯写下颂歌，
孔曼且硕，	美长兼有文彩，
万民是若。	人人朝他拱拜。

【注释】

[1]閟（bì必）宫，指姜嫄神庙。有侐（xù序），清静。

[2]实实，严严实实;枚枚，巩固安稳。

[3]赫赫，显明。姜嫄，后稷之母。

[4]回，邪僻。

[5]后稷，传说中的周人始祖。

[6]重（tóng同）穋（lù路），双穗。

[7]稙（zhí直），早种谷物。稚（zhì至），晚种谷物。

[8]秬（jù巨），黑黍。

[9]缵（zuǎn纂），承续。绪，功业。

[10]大王，即古公亶父，周文王的祖父。

[11]剪，剪除，消灭。

[12]大王，即古公亶父。本句指周文王、周武王继承古公亶父的事业。

[13]致，致使。届，讨伐。

[14]贰，二心。虞，诓骗。

[15]敦，捕获。

[16]建，立。元子，长子。

[17]匪解，不懈怠。

[18]不忒（tè特），无差错，无穷尽。

[19]享，祭品。骍（xīng星），红色。

[20]飨（xiǎng响）、宜，敬上祭品，请先祖神灵品味。一说为两种祭礼。

[21]楅（bì必）衡，牛栏。

[22]骍刚，红色公牛。白牡即白公猪。

[23]牺尊，卧牛形酒杯。将将，酒杯碰击声。

[24]炰（páo袍），烤。毛炰为烤乳猪。胾（zì字）羹，肉汤。

[25]笾（biān边）豆，装素菜、荤菜的容器。大房，装肉容器。

[26]朱英，长矛上的红缨。绿縢（téng疼），缠在弓上的绿绳。

[27]贝胄（zhòu宙），贝壳头盔及甲胄。綅（qīn侵），红线。

[28]烝（zhēng征），众多。增增，滔滔不绝。

[29]膺，服膺，被打败。

[30]荆，楚国。舒，楚国的属国。

[31]黄发台背，高寿老人的形象。台背，鲐鱼背。

[32]胥，相。试，比较。

[33]耆（qí奇）、艾（ài爱）。高寿。

[34]詹，瞻仰，敬奉。

[35]龟蒙，龟山与蒙山，在今山东新泰县、蒙阴县内。

[36]凫绎，山东邹县的两座山。

[37]淮夷蛮貊（mò末），都是指淮水流域的部族。

[38]纯嘏（gǔ古），大福。

[39]燕喜，喜宴。

[40]徂来，徂徕，在今山东泰安的山。

[41]桷（jué觉），方椽。舄（xì戏），大。

[42]路寝，宫殿，勤政殿。

[43]新庙，鲁僖公庙。绎绎，相勾连，有气派。

[44]奚斯，又名公子鱼，鲁僖公时的大夫。此诗是向僖公献媚而作。

那
王恺

长发

商　颂

那

【导读】

这是殷商之后宋国祭祀先祖成汤的诗。武王克商后，封纣之庶兄微子于宋，建都商丘。

【评介】

“《那》，祀成汤也。微子至于戴公，其间礼乐败坏。有正考甫者，得《商颂》十二篇于周之大师，以《那》为首。”（《毛诗序》）

“《记》曰：‘商人尚声，臭味未成，涤荡其声。乐三阕，然后出迎牲。’即此是也。旧说以此为祀成汤之乐也。”（朱熹《诗集传》）

“《那篇》，当是殷商后裔宋国统治阶级所保存下来祭祀先祖之乐歌。”（陈子展《诗经直解》）

“这是殷商的后代宋国祭祀商的始祖成汤的乐歌。”（程俊英《诗经译注》）

【原诗】	【译诗】
猗与那与[1]！	何等壮美繁盛，
置我鞉鼓[2]。	鞉鼓安置周正。
奏鼓简简，	击鼓奏乐咚咚，
衎我烈祖[3]。	娱乐先祖列圣。
汤孙奏假[4]，	商汤子孙敬神，
绥我思成。	天赐功业有成。

鞉鼓渊渊，　　鞉鼓奏乐嘡嘡，
嘒嘒管声。　　竹管吹出曼声。
既和且平，　　文武乐器协调，
依我磬声。　　节奏照我馨音。
於赫汤孙[5]，　　商汤之孙显赫，
穆穆厥声。　　乐声优美动听。
庸鼓有斁[6]，　　钟鼓交相轰鸣，
万舞有奕。　　文武万舞上阵。
我有嘉客，　　我有嘉宾光临，
亦不夷怿。　　无不欢乐尽兴。
自古在昔，　　自从古时开始，
先民有作。　　先民大礼制定。
温恭朝夕，　　朝夕温和恭敬，
执事有恪[7]。　　祭礼操办谨慎。
顾予烝尝[8]，　　愿神赐降我处，
汤孙之将[9]。　　汤孙奉祭荐馨。

【注释】

[1]猗（ē婀）、那（nuó娜），壮美盛大。与，欤，叹词。

[2]鞉（táo桃）鼓，拨浪鼓式的摇鼓。

[3]衎（kàn看），欢乐，娱神。烈祖，光荣的先祖。

[4]汤孙，商汤之子孙，指宋襄公。假，敬神。

[5]於（wū乌），赞美词。

[6]庸，大钟。斁（yì义），声音嘹亮。

[7]恪（kè客），谨慎、恭敬状。

[8]顾，光顾，来临。予，宋襄公自称。烝（zhēng征），冬祭。尝，秋祭。

[9]将，祭奉。

烈　祖

【导读】

这也是一首祭祀成汤的诗。

【评介】

“《烈祖》，祀中宗也。”（《毛诗序》）

“中宗，殷王太戊，汤之玄孙也。有桑穀之异，惧而修德，殷道复兴，故表显之，号为中宗。”（《笺》）

“详此诗，未见其为祀中宗，而末言汤孙，则亦祭成汤之诗耳。”（朱熹《诗序辨说》）

“此亦祀成汤之乐。”（朱熹《诗集传》）

“《烈祖》，疑是汤孙祀列祖。”（陈子展《诗经直解》）

【原诗】	【译诗】
嗟嗟烈祖！	赞我先祖多光荣，
有秩斯祜[1]。	齐天洪福一重重。
申锡无疆[2]，	无边恩德赐不尽，
及尔斯所[3]。	遍及此处与国中。
既载清酤[4]，	敬上清酒祭先祖，
赉我思成[5]。	赏我伟绩与丰功。
亦有和羹，	献上美味佳肴丰，
既戒既平[6]。	盛宴齐备香味浓。
鬷假无言[7]，	默默祈祷悄无言，

时靡有争。	秩序井然无推拥。
绥我眉寿，	赐我长命逾百岁，
黄耇无疆[8]。	黄发覆额寿无穷。
约軧错衡[9]，	红毂车儿彩绘衡，
八鸾鸧鸧[10]，	八只鸾铃叮叮咚。
以假以享[11]。	祭祖请神又告天，
我受命溥将[12]。	我受天命国运隆。
自天降康，	上天保佑人康乐，
丰年穰穰[13]。	丰收年头五谷丰。
来假来飨[14]，	先祖神灵来品尝，
降福无疆。	喜赐洪福千万重。
顾予烝尝[15]，	我等献祭神灵降，
汤孙之将[16]。	汤孙主祭大礼同。

【注释】

[1]秩祜（hù户），洪福。

[2]申，重重，又。锡，赐。

[3]斯所，此处以及全国。

[4]载，供奉。清酤（gū姑）、清酒。

[5]赉（lài赖），赏赐。成，福德功勋。

[6]戒，齐备。平，五味调和。

[7]鬷（zōng宗）假，祈祷。

[8]耇（gǒu苟），头发。黄耇指高寿老人。

[9]约軧（qí齐）错衡，皮缠车毂，彩绘的车衡。

[10]八鸾，八只鸾铃。鸧（qiāng枪）鸧，叮当的响声。

[11]假，格，上祭神灵，向神致意。

[12]溥将，广大无边。

[13]穰（ráng瓤）穰，谷物丰盛状。

[14]假，敬神。飨，享用。

[15]顾，光顾。予，宋襄公自道。烝尝，冬秋祭神。

[16]汤孙，商汤的子孙。将，献祭。

玄　鸟

【导读】

这是宋祭祀并赞颂祖先的诗。高宗即武丁，曾使殷中兴，《史记·殷本纪》有记载。

【评介】

“《玄鸟》，祀高宗也。”（《毛诗序》）

“高宗，殷王武丁，中宗玄孙之孙也。有雊之异，又惧而修德，殷道复兴，故亦表显之，号为高宗云。”（《笺》）

“此亦祭祀宗庙之乐，而追叙商人之所由生，以及其有天下之初也。”（朱熹《诗集传》）

“这是写宋君祭祀殷高宗的乐歌。高宗即武丁。”“这首乐歌就是歌颂他中兴的事业。”（程俊英《诗经译注》）

【原诗】	【译诗】
天命玄鸟[1]，	老天命令神燕儿，
降而生商[2]，	降卵生契建殷商，
宅殷土芒芒[3]。	居住殷地真宽敞。
古帝命武汤[4]，	昔日上帝命成汤，
正域彼四方。	征服天下遍四方。
方命厥后[5]，	号令各国诸侯王，
奄有九有[6]。	拥有九州势力强。
商之先后[7]，	若论殷商诸先君，

受命不殆[8]，　　　　接受天命国运长，
在武丁孙子[9]。　　　传给贤孙武丁王。
武丁孙子，　　　　　贤孙武丁有力量，
武王靡不胜。　　　　胜任国事掌成汤。
龙旂十乘，　　　　　龙旗宝车有十辆，
大糦是承[10]。　　　甜酒美食敬先皇。
邦畿千里，　　　　　邦国疆域千里阔，
维民所止，　　　　　黎民安居万户仰，
肇域彼四海[11]。　　四海莫不属殷商。
四海来假，　　　　　各地诸侯来朝拜，
来假祁祁[12]。　　　成群结伴来又往。
景员维河[13]，　　　景山脚下黄河长，
殷受命咸宜，　　　　商承天命最适当，
百禄是何[14]。　　　百般福禄永芬芳。

【注释】

[1]玄鸟，黑色鸟，燕子。

[2]商，契为商的始祖。其母简狄，系有娀氏之女，传说吞了燕子蛋后生下契。契建商国，在今河南商丘。

[3]宅，住下。殷，盘庚迁都到殷后，商地皆称殷。殷都在今河南安阳小屯村。芒芒，茫茫，广阔无边。

[4]古，昔日。武汤，成汤自号武王。

[5]方，旁，遍，普遍。厥后，指各国君主。

[6]奄，包容。九有，九州。

[7]先后，先君，过去的君王。

[8]殆（dài带），败。

[9]武丁孙子，即孙子武丁。武丁为成汤孙子，称殷高宗。

[10]糦（chì赤），酒食。承，敬献。

[11]肇，开始。域，管辖，统治。

[12]假（gé格），朝拜。祁祁，众多状。

[13]景，景山，在今河南商丘，当时为商之都城。员，周围。

[14]何，荷，承当，接受。

长　发

【导读】

这首诗是赞颂祭祀祖先的诗，赞颂契、相土、成汤的功绩，其中详细叙述了成汤伐夏桀，任用伊尹为相的事。

【评介】

“《长发》，大禘也。”（《毛诗序》）

“大禘，效祭天也。”（《笺》）

“序以此为大地禘之诗。盖祭其祖之所出，而以其祖配也。”（朱熹《诗集传》）

“《长发》，当是大享成汤，以伊尹从祀之乐歌。”（陈子展《诗经直解》）

“这也是宋君祭祀成汤的诗。诗叙述汤的祖先契、相土的奠定国基，次述汤受命有天下和伐桀的功绩，末叙伊尹相汤。”（程俊英《诗经译注》）

【原诗】	【译诗】
浚哲维商[1]，	英明智慧乃商王，
长发其祥[2]。	天命常现大吉祥。
洪水芒芒，	洪水一片白茫茫，
禹敷下土方[3]。	大禹治水安四方。
外大国是疆，	扩大领域拓边疆，
幅陨既长[4]。	幅员广阔国土长。
有娀方将[5]，	有娀女儿真丰满，

帝立子生商[6]。	帝娶简狄生契商。
玄王桓拨[7]，	英明威武是玄王，
受小国是达[8]，	小国受封达政令，
受大国是达。	大国受封不走样。
率履不越[9]，	履行商政不越轨，
遂视既发[10]。	玄王视察遍各邦。
相土烈烈[11]，	贤孙相士威风扬，
海外有截[12]。	海外诸侯齐归降。
帝命不违，	上帝之命不违抗，
至于汤齐[13]。	世代遵守到成汤。
汤降不迟，	汤王降生时辰好，
圣敬日跻[14]。	德行智慧日日强。
昭假迟迟[15]，	长久祈祷又祭祀，
上帝是祗。	永把上帝来敬仰。
帝命式于九围[16]。	天命九州学汤王。
受小球大球[17]，	接受大小法度好，
为下国缀旒[18]。	为各属国做榜样。
何天之休[19]？	谨承天命美名扬，
不竞不絿[20]，	不相争来不骄狂，
不刚不柔。	不太柔弱不逞强。
敷政优优[21]，	推行政策很宽松，
百禄是遒[22]。	百般福禄聚身上。

受小共大共[23]，	接受大小各规章，
为下国骏厖[24]。	保护属国法度彰。
何天之龙[25]？	受天之宠世无比，
敷奏其勇。	展示军威勇力强。
不震不动，	不为震撼不动摇，
不戁不竦[26]，	不畏惧来胆不丧，
百禄是总。	百样福禄汇我邦。
武王载旆[27]，	汤王起兵讨夏桀，
有虔秉钺[28]。	利斧紧执在手上。
如火烈烈，	有如烈火多兴旺，
则莫我敢曷[29]。	谁敢把我来抵挡!
苞有三蘖[30]，	一根树分三个杈，
莫遂莫达[31]，	三个树杈难生长，
九有有截[32]。	九州归一成大邦。
韦顾既伐[33]，	韦国顾国讨伐遍，
昆吾夏桀[34]。	昆吾夏桀望风降。
昔在中叶，	昔日商朝中叶强，
有震且业[35]。	国威强盛震四方。
允也天子[36]，	实在是个好天子，
降予卿士[37]。	汤王贤臣天赐降。
实维阿衡[38]，	伊伊阿衡美德好，
实左右商王[39]。	是他辅佐我商王。

【注释】

[1]浚（jùn俊），明智。哲，聪明。维，是。

[2]长，常。发，发现、出现。

[3]敷，治理。方，四方各地。

[4]幅陨，幅员，版图。

[5]有娀（sōng松），上古之国，有美女简狄。将，长大，丰满。

[6]帝，高辛氏。子，有娀国的女子简狄。高辛氏娶简狄，生下契。契大后，任尧的司徒，受封于商。商即契。

[7]玄王，契。传说简狄吞玄鸟蛋而生契，所以契为玄王。桓，威武。发，英明。

[8]达，政令通达。

[9]率，履行，遵守。履，礼，指商礼商政。越，超过，走样。

[10]视，视察。发，实行。

[11]相土，契的孙子。烈烈，威风凛凛。

[12]截，整齐，指海外诸侯一起臣服。

[13]齐，一致。

[14]圣，聪明。日跻，每日增长。

[15]昭假（gé格），祭祀。迟迟，长久。

[16]式，法式，榜样。九围，九州。

[17]球，法规。

[18]下国，诸侯国，管辖国。缀旒（liú刘）是，做榜样。

[19]何，承当。休，美名。

[20]绿（qiú求），急燥。

[21]敷政，施政，推行政策。优优，仁政，怀柔政策。

[22]遒（qiú囚），汇聚。

[23]共，法度。

[24]骏厖（méng萌），庇护，保护。

[25]龙，宠。

[26]戁（nǎn蝻），恐惧。竦（sǒng悚），害怕。

[27]武王，汤武。载，开始。旆（pèi沛），大旗，这句指出发，讨伐夏桀去。

[28]虔，坚固，握紧。秉，执掌。钺（yuè越），大斧。

[29]曷，遏止，抵挡。

[30]苞，树根部分。蘖（niè聂），树枝。指夏桀及其韦、顾、昆吾三属国。

[31]遂、达，生长。

[32]九有，九州。截，截然、直接归顺商国。

[33]韦、顾，都是夏的盟国，商灭二国。

[34]昆吾，夏的盟国。夏桀，夏之末代君，名癸。

[35]震，威风。业，势力大。

[36]允，诚信。天子，汤王。

[37]降，天赐，天降。卿士，大臣。

[38]阿衡，伊尹号阿衡，名挚。

[39]左右，辅佐。

殷　武

【导读】

这是宋襄公祭祀并赞颂高宗的诗，也有认为是宋襄公赞美其父桓公伐楚的功绩。

【评介】

“《殷武》，祀高宗也。殷道衰而楚人叛，高宗挞然奋扬威武，出兵伐之，冒入其险阻。谓蝓方城之隘，克其军率而俘虏其士众。”（《毛诗序》）

“旧说以此为祀高宗之乐。盖自盘庚没而殷道衰，楚人叛之。高宗挞然用武以伐其国，入其险阻，以致其众，尽平其地，使截然齐一，皆高宗之功也。《易》曰‘高宗伐鬼方，三年克之’，盖谓此欤？”（朱熹《诗集传》）

“《殷武》，殷人立庙以祀高宗之乐歌。”（陈子展《诗经直解》）

“这是宋襄公祭祀赞美其父宋桓公的诗。”（程俊英《诗经译注》）

【原诗】	【译诗】
挞彼殷武[1]，	殷王大军真勇武，
奋伐荆楚。	驱兵讨伐那荆楚。
罙入其阻，	深入乱后破险阻，
裒荆之旅[2]。	击溃楚军获俘虏。

有截其所[3]，　　　　四处投降皆服膺，
汤孙之绪[4]。　　　　汤孙功业齐欢呼。

维女荆楚，　　　　叫声荆楚仔细听，
居国南乡。　　　　中国之南居你等。
昔有成汤，　　　　从前我祖成汤在，
自彼氐羌[5]。　　　　即便氐羌拜不赢。
莫敢不来享，　　　　谁敢不来贡珍品，
莫敢不来王，　　　　有谁不来朝我君，
曰商是常[6]。　　　　都对殷商很服膺。

天命多辟[7]，　　　　上天传命诸侯听，
设都于禹之绩[8]。　　　　大禹遗迹建都城。
岁事来辟[9]，　　　　每年岁尾来朝拜，
勿予祸适[10]，　　　　我不加罪给你们，
稼穑匪解[11]。　　　　不懈莫怠勤农耕。

天命降监，　　　　天命监察人间事，
下民有严。　　　　下土百姓慎其职。
不僭不滥[12]，　　　　不敢僭越礼法滥，
不敢怠遑。　　　　不敢懈怠又停滞。
命于下国，　　　　政令颁发诸侯国，
封建厥福[13]。　　　　勉力营建好福气。

商邑翼翼[14]，　　　　商朝京都好整齐，

四方之极。	四方万国称第一。
赫赫厥声，	声名赫赫遍地起，
濯濯厥灵[15]。	光华闪闪神辅弼。
寿考且宁，	吾王长寿又安宁，
以保我后生。	保佑后代有根基。

陟彼景山[16]，	一路行来登景山，
松柏丸丸[17]。	松柏青青接云端。
是断是迁，	砍伐大树往下搬，
方斫是虔[18]。	削砍刨光成梁椽。
松桷有梴[19]，	松树方椽长又坚，
旅楹有闲[20]，	众多梁柱大又圆，
寝成孔安[21]。	建成寝庙天地安。

【注释】

[1]挞（tà沓），勇武迅捷。

[2]罙（shēn身），同“深”。裒（póu抔），俘虏。

[3]有截，指楚军截然难挡，纷纷归降。其所，荆楚之地。

[4]汤孙，汤之子孙，指宋桓公。绪，功勋业绩。

[5]自，从。氐（dī低）羌（qiāng枪），西北少数民族。

[6]常，敬畏服膺。

[7]天，上天及天子。命，命令。多辟，诸侯。

[8]绩，同迹，指大禹治水遗迹故址。

[9]岁事，年终大典。来辟，来朝拜。

[10]祸，罪过。适，遭逢。

[11]稼穑（sè色），农业生产。解，懈怠。

[12]僭（jiàn见），超越本分，越礼冒犯。

[13]封，大。建，营建。

[14]邑（yì艺），指京都。翼翼，齐整状。

[15]濯（zhuó啄）濯，光明状。

[16]陟（zhì至），登高。景山，在宋都城内。

[17]丸丸，光洁高大状。

[18]斫（zhuó浊），砍断。虔（qián前），刨削。

[19]桷（jué觉），方椽子。梴（chān掺），高，长。

[20]旅，众多。楹，梁柱。闲，大。

[21]寝，祭祖寝庙。成，落成。孔安，很安宁，很祥和。

参考文献

[1]刘瓛.毛诗序义疏[M].长沙嫏嬛馆.

[2]毛诗传笺通释[M].上海：中华书局，1936.

[3]朱熹，王逸，洪兴祖.诗集传[M].长沙：岳麓书社，1989.

[4]方玉润，李先耕.诗经原始[M].北京：中华书局，1986.

[5]程俊英.诗经译注[M].上海：上海古籍出版社，2004.

[6]余冠英.诗经选译[M].北京：作家出版社，1956.

[7]陈子展.诗经直解[M].上海：复旦大学出版社，1983.

[8]王先谦.诗三家义集疏[M].北京：中华书局，1987.

后　记

1989年夏天，我在中山大学王季思、黄天骥先生的耳提面命之下，圆满获得文学博士学位。

当年新鲜出炉的文学博士还比较稀缺，因此选择也可能比较多元。留在花城，请益复旦，北上京华，似乎都有可能，但又急切间未得分明。

关键时刻，又得华东师范大学徐中玉、齐森华先生之推荐，应时任上海戏剧学院院长余秋雨先生之盛情邀约，来到上戏任教。余先生以其一贯严密的逻辑推理言到，上戏教师当然藏龙卧虎，但是你谢博士若来到美丽园任教，就是上戏第一位具有博士学位的教师。

我当然知道，什么事情排在第一位，就有无穷的可能性，想象的空间甚为开阔。因此如约来到华山路上的美丽园中，将13年的青春岁月，共享上戏的诸多美好风景，当然也领受了较长时期住房的困顿，以及该校学术氛围的相对寂寞。

大上海毕竟云蒸霞蔚，气象万千。在沪上，我与各高校的一批青年才俊们多有学术往还。青春做伴，每有意气风发之状，把酒论诗，常得志趣相得之妙。汪涌豪的才情，吴承学的学问，陈建华的板书，陆林的哲思，都令我印象颇深。吴格兄从华师大到复旦，都在图书馆古籍部任职，其为人之质朴，学问之扎实，几乎成为我百问不烦的古典宝库。

当年这些年轻的兄弟哥们之中，既有来自外省各地的草莽出身，也有出身名门的教科文二代。比方吴格兄是朱东润先生的孙女快婿，钱杭兄是上海古籍出版社总编辑、社长钱伯成先生的哲嗣。

上海的学林出版社，俨然有推举青年才人的君子之风，当年以银灰色的封面装帧，推出了一系列博士论文，例如南京大学周安华《深沉悲怆的生命旋律——论中国八十年代悲剧创作》，钱杭兄的《周代宗法制度史》，以及我的《中国悲剧史纲》，都在此列。责任编辑是复旦毕业的张建一兄，他为我们的博士论文出版发行，付出了较多心血，做了极为缜密的编辑工作。

在同一出版社结下了书缘之后，我与钱杭的交往就密集一些了。听他们研究历史宗法的人讲学问，让我们这些中文系的人们顿生敬畏之心。同样，他们从事历史研究的人们，也对文学发展和戏剧演进，抱有较为浓厚的兴趣。因此引为知己，时常各言其志。

一天，钱杭对我说，他爸爸要编一部《白话十三经》，要找一批青年博士集中来做，问我是否有兴趣认领其中的两部经典，参加译注工作。我当然对经典有着浓厚的兴趣，就多次前往钱府，向钱伯城先生请教。

钱府古雅清幽，书香门第，文气氤氲。作为从事出版业多年的老编辑和出版家，钱伯城先生既有文人的风骨气度，又有出版家务实高效的干练作风。钱氏父子都翻阅过拙著，对我的文笔思路有了解，当然更对我硕博期间问学于华东师大和中山大学名师之下的出身，更为首肯。因此，他们对我特别礼遇，让我自己在《十三经》中任选两部。

从汉代开始立《诗经》《尚书》《周易》《礼记》《春秋》为五经；唐代踵事增华，先加上《周礼》《仪礼》，并将《春秋》分为《春秋左氏传》《春秋公羊传》《春秋谷梁传》，增益为九经；开成年间又加《孝经》《论语》《尔雅》为十二经；到了南宋时期，复增亚圣的《孟子》在列，一共尊为《十三经》。

尽管我历经了中文系学士、硕士和博士十年不间断的学位教育，但是面对《十三经》还是敬畏多于研究。想来想去，《诗经》与文学关系最密切，《尔雅》是最早的辞书，又能让我多识于天地山川禽兽虫鱼之名，因此便选择了这两种书。

既然我已经选定了注译的书目，钱氏父子也欣然同意，这就是钱家的风雅气度。后来我才知道，钱公子已经出版过香港版的《诗经》注本，他对《诗经》原本就有深刻的研究。但是为了我的选择，他们情愿让贤，情愿再看到一位中文系出身的博士的《诗经》译注本。君子成人之美，钱氏父子，庶几有之。

受命之后的漫长的日子里，我借阅了各种版本的典籍与辞书，希望把《诗经》《尔雅》的注译做好。《诗经》的注译，略微好一点，尤其是将其翻译成现代歌谣，我可能胜任愉快一些，因为从小写歌词，写剧本，做新旧体诗，还是能找到一些感觉。当年从上海回武汉，要坐漫长的轮船。我的叔叔是长江航运公司的经理，所以我得以在轮船的一等舱中注译古诗。漫漫诗意与滔滔江水的涛声相呼应，遥想《柏舟》等《诗经》中涉水的篇章，倒是另有一番情趣。

但是注译《尔雅》，却是殊大不易。该书看起来篇幅并不是太浩大，但是无一字一句无出处，都要查阅各种大部头的工具书。而且不同典籍的解释并不都是倾向一致，于是要辨别选择，择善而从。有的时候，我甚至还不无庆幸地想，幸亏《尔雅》的篇幅不大浩瀚，倘若字数更多，查阅典籍就会愈加繁杂，这就可能引起精神状态的高度不适。这也注定我道心不坚，很难在考证方面，做出较好较多的文章。

由钱先生主编，我参与其事的《白话十三经》，由国际文化交流出版公司发行，至今已经有近三十年书龄了。

屈指二十七年前，《诗经》《尔雅》付梓，也是一桩学林佳话。这些年来，我在戏剧方面用功多一些，俨然忘了自己原本就是古典文学的学习者、研究者和从业者。如今有缘将《诗经》作为单行本，在中国戏剧出版社付梓发行，这也是不忘初心、致敬经典的践行。

《中华远古的恋歌雅乐——〈诗经〉注译与导读》，作为单行本出版，也有了新的特色。上海古籍出版社的编辑钮君怡，在南京师范大学和上海交通大学都与我有师生之谊，她为单行本《诗经》集评题解，做了很多细致的工作，然而又坚决不肯署名。君子不掠人之美，必须要在此感谢她在十几年之前关于《诗经》乐章的加花变奏。

我的硕士研究生郭泽莹、杨万奇，还有同届研究生李代鹏，为本书注释与译诗的过录，做了大量文字录入和注释考辨工作，谨此致谢。

中国戏剧出版社的王恬老师，这几年担任我在该社所出著作的责任编辑。她的工作作风很细致，经常能给我带来新的启发；她也催促我将包括本书在内的一系列书籍如期出版，在此尤其表示感谢。

此书问世之后，在古往今来关于《诗经》注释和译注的著作中，又多了心香一瓣，小花一枝。但愿读者诸君多多指教，这就使得中华远古最早的恋歌雅乐，能够在当代社会中得以进一步的推广，也期望能在国际汉学界有着更加广远的传播。

作为人类共同的文化遗产，关于《诗经》的学习、研读和致敬，在浩瀚宇宙中的蔚蓝色地球上，历久而弥新，古老而永恒。

谢柏梁

2021年7月28日写于中国戏曲学院